U0152627

千 里 远 景 ， 如 在 尺 寸 之 间 。

W　　　　　　我们捡些木头，我们去山上生火。

三岛由纪夫戏剧十种

「日」三岛由纪夫 著

陈德文 译

上

VOL I

中国工人出版社

目录

綾鼓

あやのつづみ

―人物―

岩吉 老用人
加代子 女办事员
藤间春之辅 舞蹈师傅
户山
金子
老板娘
华子

〔舞台中央一条空空荡荡的街道，两侧矗立着高楼大厦，窗户和广告牌交相对应。

〔左首是三楼法律事务所。古旧的房间。善意的房间。真实的房间。有一盘桂树盆栽。

〔右首是三楼西服裁缝店。最新潮的房间。恶意的房间。虚伪的房间。有一面大穿衣镜。

〔春天。傍晚。

岩吉 （老用人，手持笤帚打扫室内。他扫到窗边）闪开，闪开。你呀，就像护着脚边的垃圾呢。

加代子 （女办事员。从破旧的手提包里掏出手镜，就着窗外的光线涂口红）请稍等，老伯伯。一会儿就好。（岩吉用笤帚卷起加代子背后的裙裾）哎呀，好恼人的老头子！怪不得都说最近的老爷子个个都成了馋嘴猫儿了。（终于躲开）

岩吉 （一边扫地）年轻的姑娘一旦浮华起来那才叫人头疼哩。十九二十岁的闺女家，还是天生的嘴唇最好看。你的那位好青年，肯定也是这么想的。

加代子 （瞥一下手表）是啊，既然身上的衣服不怎么华丽，至少要涂涂口红才是。（又看看表）啊——啊，真糟糕，他和我不是同时下班吗？这样在外头熬时间，那得花多少钱呀……

岩吉　俺从未踏进过银座一带的咖啡馆，那种凭外食卷用饭的餐厅也只是露露面罢了。但是，哪儿的酱汤好喝，只要问我就马上知道了。（指着空空的办公桌）我还请先生喝过一次，他夸奖说真是一流。就像夸奖我自家的酱汤，使我感到很高兴。

加代子　先生最近也不太景气呢。

岩吉　法律过多，因此，律师也都没事干了。

加代子　哎呀，都成什么样子了。何况这种显眼的地方都有事务所。

岩吉　先生厌恶弯曲，瞧，那面匾额，要是弯曲一厘一毫，他都不满意。所以，俺来这里干活，就是打算为先生奉献余生。

加代子　（打开窗户）唉，到了晚上，就没有风啦。

岩吉　（不断走进窗边）早春时节含着尘埃的风，真叫人受不了啊……唉，傍晚刹风了。哦，哪里有香味儿飘来呢？

加代子　那是一楼中国料理店的香味儿。

岩吉　那家菜肴很贵，门槛太高。

加代子　请看，好漂亮的晚霞！照遍了各处大楼的窗户。

岩吉　啊，报社的鸽子满天飞翔。啊，它们编成了圆形……

加代子　老伯伯也因为谈恋爱，年轻多了，真是太好了。

岩吉　可别这么说，俺也只是单相思，落花有意，流水无情。和你大不一样啊。

加代子　对方是贵妇人，名字也不知道……

岩吉　月中桂子君。

加代子　（指着大盆栽）就是那盆栽，叫什么桂树来着，没什么奥妙的地方。

岩吉　宝贝桂树，我忘记浇水啦。（下）

加代子　真狡猾，不好意思，逃走了。

岩吉　（拿来水壶）桂树呀，忘记给您浇水了，实在对不起呀。你再变得油绿油绿的吧。（一边浇水，一边爱惜地抚摸叶片）人们常说，那就是绿色的秀发啊！

加代子　还没有像样的答复吗？

岩吉　嗯。

加代子　真讨厌，没个像样的回答，连我都觉得没面子。要是只是送送信什么的，我也能担当。怎么样，已经三十封了，今天正好是第三十封……

岩吉　从前我只顾写呀写的，写了没寄的情书已有七十封，七十天之间每日写一封，每天受煎熬。直到你如此同情我，愿为我充任信使之前，我都是这样的。合起来，一共是……（思考）

加代子　老糊涂啦，总有一百封吧？

岩吉　哎呀呀，相思病真难受哩！

加代子　不死心的老爷子。

岩吉　有时候真想忘掉，可是我明白，一心想忘掉，比起想忘又忘不掉，更加痛苦难熬。就是说，虽然都是同样的痛苦，还是想忘而忘不掉更好受些。

加代子　怎么会变成这样呢？

　　　〔此时，右首房间的电灯亮了。

岩吉　瞧，那间房间灯亮了。每天都是这时候开灯。这间房间死灭，那间房间就复活。早晨，这座房子复活，那座房子就死灭……这是三个月以前的事，我也是这样，扫除完毕，眼睛蒙眬地朝对面房间一瞧……第一次看到那个人的身影。她带着同来的女佣，由老板娘陪同，第一次来到这间屋子……怎么说呢，她身穿金黄色的毛皮外套，脱掉之后就是一身黑西装。帽子也是黑的。头发本来就是黑的，像暗夜的天空。要说她的面容有多美，简直就像月亮一般。周围都被她照耀得一派辉煌……三言两语之后，她笑了，俺一个劲儿颤抖……她，还在笑……就这样，我在窗下一直瞅着，直到她走进更衣室……从此再未见过。

加代子　不过，也不是什么了不起的大美人。那一身洋装倒是很诱人。

岩吉 恋爱不讲究这些。这是拿自己丑陋的镜子去看
对方。

加代子 那么说，我似乎也有资格。

岩吉 没问题，在你那位人儿眼里，就是个大美女啊。

加代子 看来，这个世上有多少女人就有多少月亮。

岩吉 有胖的，有瘦的……对啦，有圆月，有新月。

　　　　〔右首房间里出现三名男子。

岩吉 眼看到时间了，我得把今天的情书写完。

加代子 赶快写吧，我在这段时间边看书边等着。

　　　　〔岩吉坐在桌子前写情书剩下的部分，加代子坐在椅
子上看书。

　　　　〔在右首房间里。

舞蹈师傅 （怀抱包着鼓的紫色包裹）我叫藤间春之辅，
请多关照。

户山 我姓户山。请关照。这位是外务省的金子先生，这
位是藤间先生。

金子 我姓金子，请关照。

藤间 金子先生和户山先生很早就认识吗？

户山 嗯，他是我的老学长。

藤间 是吗？这回我这一门开始练习舞剧。（分发纸张）

请拿着……听说夫人接受过一百张呢。

户山 （嫉妒）夫人嘛，这回倒大大赚了一把。

金子 和你不同。夫人只会付出，她绝不占便宜，我了解这个人。

藤间 她确乎如此。

金子 （坚决地）我太熟悉夫人的为人了。

藤间 （漫不经心地）她的舞蹈也很出色。

户山 （看手表）好慢呀，明明叫我们来，又让这帮子男人在西服店干等着，真是恶作剧啊！

金子 路易王朝时期，男宾们都要进入寝宫拜问。他们第一句寒暄就是："夫人的黑眼圈儿是谁给画的？"（这句话用法语）

藤间 哦，什么意思？

　　〔金子逐字逐句翻译给他听。户山脑袋故意转向一侧。

藤间 女人眼下一带很有意味。可谓"月暗<u>丛</u>云"，独见风情啊。

金子 （只对自己提及的话题感兴趣）或许所谓外交辞令即属于这一类吧。自己描上去的眼圈儿，也要问一问是谁画的。

户山 金子先生眼看就要当大使了。

藤间 （讨好地）祝贺，祝贺！

　　　　〔——在左首房间。

岩吉 写完了，写完了。这下子太好啦！

加代子 每一封都用不一样的句子，真是太难为您啦！

岩吉 在恋爱的各种苦恼中，这一条算是愉快的苦恼。

加代子 好吧，我回去时顺便送去。

岩吉 谢谢你了，加代小姐，可不要弄丢了。

加代子 又不是光是穿马路，想丢也丢不了啊……再见，
　　　　老爷子。

岩吉 加代小姐，再见。

加代子 （在门口将信不住晃动着）弄不好也许会忘记，
　　　　因为我也是个急性子。

岩吉 不要欺负老年人。

　　　　〔——在右首房间。

金子 好慢啊！

户山 （站在镜前正绕着领带）夫人所喜欢的就是这种花
　　　　色。其实，我嫌它过于艳丽，感到厌恶。

藤间 （一阵默然）这是我在袭名披露宴上，夫人赠送的
　　　　烟盒。比起这个烟盒子，还有更加贵重的，请看看
　　　　吧。（对着电灯光）您简直想不到这是木雕，简直就
　　　　像玛瑙一般。

金子 我们当官的都有受贿的危险，必须对赠礼一概予以谢绝。艺术家倒是很叫人羡慕啊。

藤间 大家都怎么说。

户山 （暗含啜泣声）哦，这个鬼婆子，为何单剩下我一个人不邀请呢？

加代子 （气喘吁吁）啊，对不起，老板娘不在这里吗？

户山 刚才还在店里。或许出去办事了。

加代子 糟糕。

户山 有急事吗？

加代子 是的，我每天都要交给她一封信。我是受人之托……

金子 （贵族式地）由我代为保管吧。

加代子 （迟疑地）啊……

金子 我负责。

加代子 那就拜托啦。请来一下。（下）

户山 真是个繁忙的女孩子。

金子 （阅读信封上的文字）哎？什么"月中桂树君收"，这句话弄不懂啊！

藤间 倒挺罗曼蒂克的呢。

金子 这不是您舞蹈师傅写的吗？

藤间 别开玩笑了，舞蹈师傅有写情书的闲空儿吗？

金子 哎呀哎呀，发信人是本田岩吉。

藤间 倒是一副灵巧的手笔啊。

户山 哎，莫非桂君就是那位老板娘？虽说没见过桂树，但肯定是大树啊。

藤间 树干无疑又大又粗。

金子 人人爱好各不相同，这话应该怎么说？法语好像也有这种说法……

老板娘 （身材高大）哦，大家都在这里啊。

户山 您有情书来了。

老板娘 是谁写来的？听说最近有五六个人想给我写情书呢。

金子 正是一触即发的时候吗？

老板娘 嗯，是的。我时时刻刻都不忘武装起来。

户山 铠甲的质地要结实。

老板娘 孩子，你的话总是很风趣。

藤间 （故意模仿地）月中桂树君，请您过来一下吧。

老板娘 哎呀，情书啊？你找错了人啦！

金子 你故意装傻。

老板娘 搞错啦，那是夫人。

众 什么？

老板娘 （坐下）那些信呀，叫人伤透了脑筋！实话告诉你吧，对面楼上事务所有个老用人，是个将近七十岁的老头子。那老爷子隔着窗户看到咱们夫人，竟然迷上了！

金子　可不是吗，老花眼看得远。（自己弄出的笑话，自己愈觉得好笑）真想快点儿老啊！没想到老花眼还有这样的好处。

老板娘　这位老爷子的情书到现在已经有几十封了，不，几百封啦！

户山　这样到处发送，最终总能碰到个上钩的。

金子　你说得在理儿。不过，恋爱最终总会奏效。倘若一个女人看上了你，或许说明天下女人皆有情。

藤间　这些情书，都交给夫人看过了没有？

老板娘　那哪儿能给她看呀，全都被我擦梳子用了。

户山　你的梳子那么脏啊！

老板娘　什么梳子，我指的是梳理狗毛的梳子。我家里喂养了五只刚毛猎狐犬，每当我给这些爱犬梳头、理毛、挠痒痒，它们总是眯细着眼睛，显得很高兴的样子。

金子　恋爱和狗，哪个进展更快些呢？

藤间　或者说哪个早些变脏呢？

老板娘　嗨，同帅气的男人说话，心里总是很激动。

金子 说着说着又岔道了，那些情书怎么样了？

老板娘 那些信是这么回事，负责给我送信的，是事务所一位可爱的女办事员。

户山 啊，就是刚才那姑娘。她哪里可爱？像个腌梅干儿。

老板娘 哦？

户山 那女孩子，光是涂了红嘴头儿，一舔舔看，才知道酸得要命。

老板娘 那姑娘很老实，是个好女孩儿。被她缠上了，每天只管接受她送来的信件。不过，哪怕给夫人一次……

金子 听这么一说，不能再交到你手里了。

老板娘 信就请免了吧。要是夫人看了信之后不高兴，依我的立场……

户山 老板娘的立足之地占长度几文[1]？

老板娘 哦？

户山 我是说老板娘所站立的空间有多大，大体是十二文左右吗？

藤间 这位说的是布袜子。

老板娘 （认真地哭丧着脸）我是绝对不穿什么袜子的。

---

1 文：长度单位，1 文约合 2.4 厘米。

〔敲门声。

老板娘　怎么样？哦，是夫人。

金子　起立！（华子上）敬礼！

户山　（盯住不放）真坏，又迟到啦。

藤间　我们望眼欲穿啊。

老板娘　啊，不论何时看到，都是那么漂亮。

〔——华子默然微笑，脱去手套。

老板娘　（抢先一步）诸位，大家都等急了，我们早点儿
试装吧。（将华子前后打量一番）夫人很适合穿华丽
的衣服，真是一副天生的优美的体型。不过，今年春
季的服装，别有一种情趣。轻盈便捷，充分富于曲线
美……这回，裁剪时就力求做到简明质朴。腰围两侧
添加了单纯的襞褶，这是根据夫人的意见做的。这一
点在突出重点方面很有效……好吧，请进试衣室吧。
回头我们再来慢慢品茶。

金子　夫人，您有一封情书。男方的年龄别指望他二十多
岁，也不是三十多岁，看样子还要更大一些。

〔——华子，伸出一根手指。

户山　No，No。他可不是中学生。

〔——华子笑着伸出两根手指，众皆摇头。手指渐
渐增加，半信半疑伸出七根手指。

绫　鼓

金子　终于猜对了。芳龄整整七十岁。他就是对过楼上的
　　　老用人啊。

　　　[——老板娘连忙将窗帘放下来。左首房间紧闭的
　　　窗户旁边，岩吉正在热心地望着这里。

　　　[——这当儿，金子把信交给华子。华子拆开信封。
　　　众皆凑过去窥视。

户山　老板娘说请您留意阅读第三十封，其实她在撒谎，
　　　据说有好几百封呢。知道吗，夫人，以前的信都被老
　　　板娘隐瞒了。

金子　"相思日增，未老先缩，为了医治终日受折磨的恋
　　　爱的鞭痕……只需要一次接吻……"真难为情呀。只
　　　需亲上一次嘴。

　　　[众皆大笑。

户山　哦？只亲一次嘴？好一个无欲无望的人呐。

藤间　真叫人惊奇，这阵子那老爷子比起我们这些人还年
　　　轻得多啊！

老板娘　哎，这些都写下来了？我没有读到。（信转移到
　　　老板娘手里）怎么样，"恋爱就是长期不灭的痛苦。"
　　　平庸无聊，"其资质和砂糖不同，又苦又辣。"

金子　这位老爷子，只想着自己苦恼，这种自以为是实在
　　　可恨。我们也一样痛苦，只是说出口与未说出口的区

别罢了。

藤间 因为我们大家都很谨慎。

户山 这个我也很清楚。听那老爷子的口气，仿佛我们都很轻佻浅薄，只有他懂得真正的恋爱。那种腔调真令人生气。

金子 我们生活在这种恶劣的时代，为了糊弄自己，经历过多少痛苦！要是能给他看看，就拿给他看看。

藤间 对于这种老派的人，实在没办法。恐怕在他们看来，这个世界真有为恋爱设置的情侣包厢呢。

户山 叫作"罗曼座席"。

老板娘 小哥哥，你不要东插一句，西插一句了，讨论已经很认真了。（按铃呼叫）哎，夫人，男人们的发言有点儿过热，这很好啊！

金子 （变成演说语调）总的说来，我们应该唾弃这老爷子之类的人物。我们不能允许这种人存在。居然还有人相信"人间自有真情在"！正宗正品的长崎蛋糕[1]，不论在哪个偏远的农村都能卖掉。不过，我憎恨那些一开始就信以为真，怀着一副好心情贩卖此种蛋糕

1　原文为 Castella，西洋点心，蛋糕，室町幕府末期，由葡萄牙传入长崎。

的商人。他们明明知道是冒牌货，但只求得卖掉为好。这就是造假、诈欺！是精巧的意识的产物。然而，我们具有识别蛋糕的舌头。我们的恋爱是从舌头开始的。

老板娘 哎呀，越来越性感啦。

金子 舌头没有正宗的味觉。舌头所依据的只是我们普遍的味觉。舌头只会说"这个好吃"，除此之外，它不会再说什么。原因在于舌头懂得谦虚，大凡标签之类的东西，都是人添加上去的。舌头只不过识别蛋糕"好吃不好吃"罢了。

女店员 （上）请问有何吩咐？

老板娘 那蛋糕，不，那个什么，对啦，请马上送五杯咖啡来。

女店员 好的。（下）

金子 一切问题都是相对的。恋爱这东西，是一种不相信正宗的感情建筑。不过，那个什么，那老爷子缺乏真诚，他冒犯了我们，耍弄了我们。他有些得意忘形，得寸进尺哩！

藤间 您所说的这些难解的内容，都是我没学过的，一概不懂。正宗之争，名牌之争，尽皆同艺术之道毫无关涉。舞蹈的境地只在于一举手一投足毫无滞碍即可。

师傅就是这样教我的。唉！那个老爷子竭尽全力，为承袭正宗之名义，争夺"融通无碍"的法悦境界，（做出舞蹈手势）瞧，"噗"的一下，吐到一旁，形同等闲之物而视之。

户山　夫人怎么样呢？沉默不语，倒是叫人不快，即便接到这位老爷子的情书，也未必感到高兴，对吧，对吧？她究竟说了些什么，那位月中桂君？

老板娘　夫人成长于雍容大度的家庭环境，肯定不愿意与人争论。

户山　不过，夫人她特别喜欢折磨别人。

老板娘　这是漂亮女子共同的趣味。

藤间　而且，只有这种趣味才与美女合拍呢。

老板娘　拿颜色作比，就是绿色，一种很难合体的色彩。

金子　不过这种颜色，一般是不能当众穿上身的，只能用来做睡衣，佯装不懂世故。

户山　我可以保证，夫人绝对没有穿过绿色的睡衣。

金子　打从刚才开始，你就显得有点儿狂妄。

老板娘　好啦，好啦。

　　　　［女店员端咖啡上，众默饮咖啡。

　　　　［——于下首房间。

岩吉　不知怎么了，窗帘一直没有打开来。啊，真是急死人啦! 惊鸿一瞥, 仅限一时。

本以为她今天会对俺施以怜悯, 站在窗前, 宛若画中人, 娉婷而立, 含笑望着这边……

不过, 不要气馁, 不要气馁!

　　[——于上首房间。

金子　还有啊。

藤间　啊? (咖啡泼在膝头, 揩拭)

金子　你怎么啦?

藤间　刚才喝咖啡时, 一条妙计在心中浮现。

金子　我也正在考虑, 如何将那位老爷子戏弄一番呢。好吗, 夫人, 大致就是……

藤间　我所想到的是……

金子　(无斟酌地) 那号人, 不给他一些厉害尝尝, 他永远都不会清醒过来。没有必要看他上了年纪就对他抱有同情。必须使他明白, 他所居住的地方是谁都不愿进的狭小蜗居。

户山　就是说, 人人都不想进入狗窝。

金子　(心情转好) 是的, 说得对。

藤间　我的想法是这样的, 呶, 您先看看这个。(从紫包里取出鼓)

老板娘　是鼓!

藤间 　这是舞剧用的小道具。提起舞剧，谢谢为夫人购了票。回头再说这面鼓，您对这面鼓怎么看？敲敲看，不响。但制作得和实物一模一样，关键是蒙着绫子。

户山 　哦？竟然造出一面敲不响的绫鼓！

藤间 　不是的，只是一个小道具。

金子 　怎么，就用这个？

藤间 　将情书系在鼓上，扔向老爷子房间。哦，情书的内容要花点儿功夫。

老板娘 　听起来很有趣，继续说下去。

藤间 　回信中写明："请敲这面鼓！"……咦，怎么样？"敲起鼓来吧，只要你的鼓声穿过街上的杂音传到我窗畔，我就允许你的心愿获得实现。"……一切万事大吉！

户山 　Good idea[1]，这么一来，老爷子自会老实些。

金子 　"要是传不过来，愿望就没法实现。"——要不要加上这么一句？

藤间 　言外之意有了，不必要。

金子 　然而外交文件需要慎重。

藤间 　（独自昂奋）好，夫人，可以了。为了保护您的身

1　Good idea，英文，好主意。

子，我决定牺牲这件小道具。

户山 买了您一百张票，一面小绫鼓算得什么？

藤间 不能这么说。那么，夫人，可以了吧？

　　〔华子微笑，点头。

老板娘 这么一来，我也减轻了压力。今天就叫那位老爷子死了这条心！

藤间 来，拿信笺和砚台来。

　　〔众人吵吵嚷嚷着手准备。藤间代写情书，系在鼓上。老板娘拉开窗帘，华子被领到窗边。金子打开窗户。

金子 房子真黑暗啊，不知老爷子在不在里边。

老板娘 听小女佣说，老爷子始终站在窗边向这里窥探，直到夫人回去之前。

金子 那就通通话吧。

户山 我来担任呼叫。啊，从这里望过去，好漂亮呀。处处都是霓虹灯，一派辉煌！

藤间 谁负责扔传？

金子 我来！初中时代，我是棒球著名投手，名噪一时。

　　（舞动手臂，做准备）

户山 喂！本田先生。请把窗户打开！

　　〔窗户开了，岩吉战战兢兢露出上半身。

户山　好了吗？我把这扔过去，请您好好接住它。

　　〔岩吉点头，金子投鼓。岩吉接住，抱着鼓走向
　　桌边。

岩吉　这是什么意思？送来一面鼓。她站在窗前，一直望
　　着这边。好生奇怪！啊，她这般面对面望着这边，倒
　　叫俺一心想躲藏起来。以往，她之所以动辄躲起来，
　　莫非是俺过分盯视的缘故吧？……哦，鼓上还系着信
　　笺！（读信）啊，眼看着愿望实现了。鼓声传过去就
　　行了。这是高雅的表现。只是难以开口说出"Yes"，
　　绕着弯子表达心思罢了……胸中郁闷，或许因为俺心
　　中平时不知道此欢乐，就像穷人家的孩子，那副肚
　　肠一时难以消化山珍海错，偏偏于欢乐中品味到痛
　　苦！……眼下，对面的窗口大家站在那里等待，或许
　　觉得好奇，觉得一个没有素养的老人敲起鼓来很有意
　　思吧？啊，想起一个好办法，挂到桂树上敲打！（跪
　　在桂树前）桂树啊，桂树啊，漂亮、洁净的桂树，请
　　允许我将鼓悬在你的绿色秀发之上。很重吗？忍耐一
　　会儿吧。很适合，很适合！仿佛硕大而美丽的簪钗自
　　天而降，落在你的头发上……好了，即使敲击绫鼓，
　　也不会震动你的绿叶。我如今跪在你面前，这是我最
　　幸福的时刻！每当看见你，我都这样想：巴望着我的

不幸，能使你更加美丽，更加绿叶繁茂！你可要如约啊，真的，桂树君，真的啊！

户山　请快点儿敲吧。大家都忍着严寒、打开窗户、站在窗边等着呢。

岩吉　喂！马上就要敲鼓啦，请听着！

　　〔击鼓，不响。敲击反面，也不响。疯狂敲击，还是不响。

岩吉　不响！他们给了我一面敲不响的鼓。我被嘲笑啦，被耍弄啦。（伏在地板上哭泣）怎么办？怎么办？那位心胸高雅的人儿，确使用如此低级卑劣的手段愚弄我一番。这是没有的，这是不可能的！

　　〔上首窗户里的人一阵哄笑，"哗啦"一声关上了窗户。

岩吉　笑吧，笑吧，尽情地笑吧！你们都在笑声里灭亡吧！嘲笑是腐朽的，而我不会。（向舞台内里走去）我不会，被嘲笑的人不会灭亡！……被嘲弄的人不会腐败！（打开窗户，跨在窗台上。一边跨着窗棂，一边俯首自悲。不一会儿，难以自持，摔倒在地。下面呼救。众声嘈嘈，片刻乃止）

　　〔——上首房间，众谈笑自若。老人自杀之窗并不朝向他们，众皆不知。突然，房门开启。

女店员 刚才，对面大楼的老用人跳楼自杀啦！

　　〔一时，全体哗然，东突西窜。有的打开窗户，有的向楼下奔跑。唯有华子一人，伫立室内不动。

※　　　※　　　※

　　〔深夜。中央道路背景，变为灿烂星空。上首房间的棚架上，时钟优雅地敲响了两点。屋内幽暗。不一会儿，门锁发出"卡拉卡拉"响声，房门打开了，手电灯光射入。华子一手拿着手电走进屋内，身穿夜礼服的肩膀上，披着一件短大衣。华子手里拎着钥匙，走近窗边，打开窗户，凝视这地面，一动不动。

华子　（声音低微，仿佛在对谁说话）来啦，我来啦！因为你喊我来。半夜里我逃避夜宴出来啦！……请回答我，您不在那里吗？

　　〔下首正面窗户开启。老人的亡灵从自己跳下的窗口冉冉升起，走向上首。面对下首的窗户，随着老人的走近，徐徐打开。

华子　您来啦……您到底还是来了呀！

亡灵　自那以来，俺就往还于您的梦枕与这座屋子之间。

华子　我是应您召唤来的。其实，您还不知道我，不知道我为何要到这里来。

亡灵 是俺招呼您来的。

华子 不，不借助他人之力，就无法使通行之门开启。

亡灵 您对亡灵都要诓骗吗？

华子 我为何会有这么大的力量？我的力量只是杀死一位可怜的老人。而且，我只是略微点点头，事情就发生了，并非我亲自下手。

亡灵 ……

华子 哎？听到了没有？（亡灵点头）声音传过去了，怎么这样微弱？尽管人与人说话时，必须提高嗓门……不过，这个房间和你的房间，还是互相不通声音为好。

亡灵 啊，满天星斗。看不见月亮。月儿变作一团泥泞，掉落在地面上。俺为了追逐月迹而投身地表。可以说，俺就是同月亮一起殉情。

华子 （俯瞰街道）哪里可以望见月儿亡灵？那种东西目无所见啊。深夜里，只有流水般的汽车在奔跑。警察在巡逻。哎呀，他站住了。不过，不是因为发现死尸。他和谁也不会面。警察只是同对面走来的警察会面。其实，那是在照镜子。

亡灵 啊，你是说，幽灵只是和幽灵相遇，月亮仅仅和月亮会面，对吗？

华子 深夜里都是如此。（点燃香烟）

亡灵 然而，我已经不是幻影。在我活着的时候，曾是幻影，如今只留下俺的梦境。再没有人能使俺感到失望了。

华子 不过，据我所见，您依然不能称作爱的化身。我并非格外挑剔您的髭须，您的劳动服，以及您的污秽的衬衫，即便如此，您的爱情所采取的形式，好像缺了一件东西。在当今的世界上，要想证明真正的爱情，则一定不能缺少。为此，只有去死。

亡灵 您想向幽灵索取证据吗？（一边拍打着衣袋）瞧，幽灵身无分文。俺失去了名为证据的财产。

华子 我就是一团子证据。女人的心里，储满了爱的证据。这些证据一旦付出，到头来就会充满不再含有爱的证据。不过，正因为女人持有证据，男人可以空手恋爱。

亡灵 啊，请不要将那东西给俺看！

华子 刚才一定是我打开房门进入这间屋子的。那么，您认为我是在哪里拿到钥匙的呢？

亡灵 哎呀，请不要问我这个问题。

华子 那把钥匙是我从老板娘衣袋里偷来的。我的手指非常灵巧，宛若小偷的指爪，至今不衰。我特地试了一下，知道这一点很高兴。

亡灵 明白啦！您害怕俺的执念。您无疑是一心想使俺对您心生厌倦。

华子 要是这样，您可以看看。您曾经为我起个很好听的名字。以往，我的诨号就叫"新月"。我的腹部有一块刺青，是新月刺青。

亡灵 啊……

华子 不是因为喜欢而请人做的。一十个男人硬要给我雕上去的。这弯新月，每逢饮酒就会变得通红，平时却是濒死般惨白。

亡灵 骚货！您诓骗了我两次。一次还不满足……

华子 一次不满足，是的呢。再来一次还不满足。我们的恋爱之成立，或是我们的恋爱被灭亡，都是一样。

亡灵 您呀，被那些缺乏真心的男人们给害啦。

华子 撒谎！缺乏真心的男人们，使我获得锻炼！

亡灵 由于俺的真心才被愚弄。

华子 撒谎！您之所以被嘲笑，只因为上了年纪。

　　[下首房间，由于亡灵的震怒一派通红。悬挂绫鼓的桂树泛起熊熊火焰。

亡灵 不感到羞愧吗？俺要您遭报应了。

华子 我一点儿也不害怕。我变得坚强啦，因为被爱着。

亡灵 被谁爱？

华子 被您呀。

亡灵 啊，莫非是俺的爱的力量，使得您说出了实话？

华子 请看，真正的我没有被您所爱。（笑了）快对我作崇呀！没出息的男人总是这样。

亡灵 不，俺正热恋着您呢。这在阴间无人不晓。

华子 这个世上无人存在。

亡灵 是因为鼓没有响吗？

华子 是的。我的耳朵没有听到。

亡灵 是鼓的缘故，绫鼓是敲不响的呀！

华子 鼓之所以不响，原因不在于鼓。

亡灵 即使现在，俺也在羡慕你。

华子 即使现在！您死后仅仅过了一周。

亡灵 俺羡慕您呢。俺敲鼓给您听。

华子 请敲鼓吧，我来倾听啦！

亡灵 敲鼓给她听。俺用俺的爱敲响绫鼓给她听。

　　　　〔亡灵击鼓，鼓声朗朗鸣响。

亡灵 响啦！响啦！咦，听得见吧，那鼓声！

华子 （狡黠地微笑）我没有听见。

亡灵 这个听不见？不可能吧。俺再敲鼓啦。就照俺写的

信的页数，一下，两下，听见了吧？三下，四下，鼓响啦！（鼓响）

华子 听不见。哪儿鼓在响呀？

亡灵 听不见？啊，您在撒谎！这个，您听不见？十，十一，这个能听见吗？

华子 听不见。根本听不见什么鼓声。

亡灵 撒谎！（暴怒）大凡俺所听到的，不能让您说听不见！二十，二十一，瞧，又响啦！

华子 听不见，听不见。

亡灵 三十，三十一，三十二……不让您说听不见。鼓在响啊。本来不响的鼓在响呐！

华子 啊，快些敲啊，我的耳朵在急等着呢。

亡灵 六十六，六十七……突然想到，能听见鼓声的，该不是只有俺的耳朵吧？

华子 （绝望，自白）这人也和这个世界的男子都一样！

亡灵 （绝望，自白）谁肯证明她的耳朵听见了？

华子 听不见，还是听不见。

亡灵 （无力）八十九，九十，九十一……啊，已经完啦，这鼓声是我的幻觉吗？（鼓声继续鸣响）白费力啊，白费力啊，绫鼓依旧不响吗？不管怎么敲，怎么敲，这绫鼓都敲不响吗？

华子 快些听见啊！别气馁！赶快送进我的耳朵去吧！
（从窗户伸过手去）别气馁！

亡灵 九十四，九十五……已经不行啦。鼓不响啊，敲不
响的鼓，干吗还要敲呢？……九十六，九十七……再
见啦，桂君！再见啦……九十八，九十九……再见啦。
敲完一百下了……再见啦！

　[亡灵消隐，鼓声停响。

　[上首房间，华子茫然而立。户山慌慌张张排闼
　而入。

户山 夫人！您在这儿啊。这下子好啦。大家都在到处找
您呢。您怎么啦？半夜里跑出去，到底怎么啦？（晃
动她身子）打起精神吧。

华子 （梦幻般地）我也明明听见啦，只要再敲一下……

—— 幕落 ——

作者的话

演出备忘录

一、上首房间对白之间交换的间隔几乎等于无，请给下首房间交换对白留下充裕的时间。

二、舞台背景转换为星空，可以在观众面前进行。即撤除同等大小的街道和夕暮天空条板时，随即露出下面的星空。

三、因华子同样"凝然独立"的姿影，将第一场和第二场的幕景转换，相互照应。为了使华子人偶般伫立的姿势与衣裳左右对称的襞褶愈加整饬划一，允许华子身着玄衣上场。

葵 上

あおいのうえ

—**人物**—

六条康子

若林光

葵

护士

〔深夜，病院病房。下首是大窗户，悬挂窗帘。室
内有病床，葵躺在床上。上首有门。

光　（手提旅行包，身穿雨衣。护士领他进来。光乃貌美
青年，他压低嗓门）她睡得很好啊。

护士　是的，睡得很安稳呢。

光　平常说话，会把她吵醒吗？

护士　嗯，药物起了效用，声音稍大些没关系。

光　（仔细俯视葵的睡相）安详的睡相。

护士　现在，睡眠的表情倒是很平静。

光　现在？

护士　嗯，一到半夜……

光　很痛苦吗？

护士　是很痛苦啊！

光　哦。（阅看挂在枕边的病历卡）若林葵，十二日午后
九时入院……这里有我休息的地方吗？

护士　（手指上首里间）旁边那个房间。

光　被褥有吗？

护士　有的。现在就要休息吗？

光　不，就这样再待一会儿。（坐在椅子上，点燃香烟）
刚想踏上旅程，接到发病的通知，说不是什么大病，
反正住院了。人都住院了，还不是大病？真是岂有

此理!

护士 您夫人经常这样发作吧?

光 这不是第一次。不过,碰到重要商务上的出差,早晨忙完工作就跑过来啦。可我更加挂心要去的地方。

护士 那倒也是。

〔桌上电话"喊哩哩"轻轻作响。

光 (将听筒贴紧耳朵)什么也听不到。

护士 一到这时候,总是这种声音。

光 可能出了故障,不过,病房里需要什么电话?

护士 这里各病房都有内线电话。

光 病人会有什么事?

护士 病人会有要紧事的。护士人手不够,一旦急需,就通过内线电话联络。还有,要想看书,可以直接给书店打电话叫他们送来。需要打外线,交换台三班倒,二十四小时不休息。对于绝对卧床的患者,有电话不转接。

光 (嗔怒)这个病院……

护士 我们病院对病人梦中之事很难负责到底。

〔静场,护士显得畏畏缩缩。

光 你怎么畏畏缩缩的?

护士 我并不感到您有什么魅力。

光 （尴尬，苦笑）这家医院越来越奇特啦！

护士 您到底是个美男子，比得上光源氏[1]。其实，这家病院，对护士的训练十分严格。我们都接受过精神分析疗法。这么一来，就从性压抑中彻底获得了解放。（张开双手）来吧！我将随时满足你的要求。这一点，从院长到年轻医生都心领神会。必要时，可以开处方拿药，促进性欲的药。所以大家互相不必疙疙瘩瘩，明争暗夺。

光 （感动地）嗬……

护士 因此，您夫人的各种梦，全都来自性压抑，即使不加特别分析，我们大家也都很明白，根本用不着担心。经过分析，一旦获得解放就好啦。找到原因，只要运用睡眠疗法就行了。

光 那么说，内人接受的就是睡眠疗法……

护士 啊，（依旧保持瑟瑟缩缩的态度）我呀，所以，对患者来说，虽然有些失礼，但对于患者的家属、探视的客人……全都不能理解。不是这样吗？他们一律都

---

1 古典小说《源氏物语》男主人公。

是 Libido[1] 的亡灵。就连那位每天晚上前来探视的奇怪的客人也……

光　每天晚上？到这里来，探视？

护士　说漏嘴啦！自打您夫人住院以后，她每晚都来探视。她还说，虽然很晚了，但不到这个时候，身子就空不下来。她还叫我严守秘密。可我……

光　那家伙是男的？

护士　放心吧，是中年妇女，长得非常漂亮……她快来啦。她一来，我就回去睡觉。因为不知为什么，站在她身边，心情很郁闷。

光　一个什么样的女人？

护士　一位豪华的贵妇人，给人大资产家的感觉。论起性压抑，越是大资产家庭越厉害……反正她快来了。（走向下首，拉开窗帘）……请看，掌灯的人家几乎没有了。只能清晰地看到两列路灯。眼下，正是爱的时刻。欢爱合体，激战一团，怨恨难解。白天的战斗结束了，晚上的夜战开始了。这是更加血腥、更加忘我的战斗。宣战的号角回荡四方，女人流血、死亡，又重新几度复活。事情总是如此，复活之前必须先死

1　性欲，性冲动。

一次。战斗的男女，都必须在各自的武器上装饰上葬礼的黑纱。他们的旗帜一律纯白，但旗子上总是被揉搓，布满皱褶。有时候染上鲜血。鼓手敲响了鼓，心脏的鼓，名誉和侮辱的鼓。将要死去的人们，却为何能那么安然呼吸？那些人为何将自己的伤口，敞口的致命伤，颇为自豪地公开展示着而死去？一个男人，将脸俯伏在泥泞之中死去。那是懂得羞耻的人们的勋章。请看，看不见灯火实出自然，正对面很远一直排列的不是人家，而是坟墓。对于那些肮脏的、完全趋于腐朽的坟墓，月亮也决不会将那些大理石碑面照得闪闪发光……相比起来，我们就是天使。我们超然于爱的世界，爱的时刻。我们只是偶尔在床上引起一些化学变化而已。世界再有几家这样的病院也还是不够。院长先生总是这么说……哎呀，来啦，来啦！就是平素那辆汽车。银白的大轿车疾驰如飞，在病院前戛然停止。请看，（光走近窗前）眼下，或许正在通过立交桥。她总是自那边而来，然后绕道那里……转瞬之间，停到病院门前，打开车门。趁此机会，对不起，我走了，晚安！

〔慌慌张张从上首门扉下。片刻，电话铃喊哩喊哩，低声响了，接连不断，片刻乃止。六条的生灵从上首房门进来。一身华丽和服，一副黑色手套。

光　哎呀，六条夫人。

六条　……是光君，好久不见啦。

光　您就是那位半夜来客啊？

六条　是谁说的呀？

光　……

六条　是那个护士吗？多嘴多舌！我不是特来探视的，只是听说您去出差，我代之而来，每晚献上一束鲜花罢了。

光　鲜花？

六条　（张开戴着手套的手）什么也没拿。要说花，是看不见的花，痛苦的花。这束花（做出插在枕畔的动作）这样插在枕头旁边，花蕾就会开出灰色的花朵。叶子下面会长出无数可怕的荆棘，花瓣散发着一股难闻的气味。臭气在屋子里扩散开来，请看，患者的脸失去了先前的平和之色，瑟瑟发抖，满布着恐惧的表情。（将戴着手套的手挡在脸上）这样，葵就会梦见自己的脸变得非常可怕。对镜一照，原来俊俏的面容，如今变得满是皱纹。我用手如此亲切地抚摸她的咽喉，（用手抚摸病人咽喉）葵就会做上吊的梦。她脸上充血，喘不出气来，手脚痛苦地挣扎……

光 （急忙扒拉开六条的手）你在对葵做什么？

六条 （远远退后，亲切地）我叫她受苦。

光 对不起，葵是我妻子，用不着你来管闲事，请回去吧。

六条 （越发亲切）不回去。

光 你……

六条 （走过来，亲切地抓住光的手）我今晚上就是来会您的。

光 （甩开对方的手）冰冷的手。

六条 当然是，因为不通血脉嘛。

光 那手套……

六条 要是讨厌这手套，我可以脱掉，那很容易。（边走边慢慢脱掉手套，放在电话机旁）……总之，我有要紧事，重要的、务必需要完成的大事，因此，在这深夜，烦您辛苦，突然前来见您。深夜……（看腕上的表）已经过一点了。黑夜不同于白天，身子很自由。人、物，都睡着了。这墙壁、衣橱、窗玻璃、房门，全都睡着了。睡倒了，有的是空间，可以轻而易举地穿越过去。穿过墙壁时，不觉得是墙壁。您以为夜是什么？夜就是大家和睦相处的时候。白天，阳光和阴影作战，然而一到夜晚，屋内的夜和屋外的夜握手言欢，化为一体。夜的空气共谋，喜悦和痛苦，都在夜的空气中握手。杀人犯身处于幽暗之中，会觉得自己杀死的女子亲切美好。（笑）什么呀，干吗那样盯着我呀？莫非我已经是个老太婆了，使您感到吃惊了吧？

光　你发誓一辈子不会再理我的。

六条　那时您是欢迎这个誓言的。于是，您就和葵女士结婚了。（回头狠狠看了葵的睡相）这么一个弱不禁风的病篓子！（茫然地）自那以来，我每晚都睡不着觉。即便睡下了，也不能成眠。从那以后，我根本没睡着过觉。

光　您想叫我可怜可怜您，才来找我的吗？

大条　这个嘛，我自己也弄不清楚为何来这里。当我想杀您时，才会觉得死后的您会可怜我。所有的感情中，同时都有我，所有的存在中，同时都有我。这也没有什么奇怪吧？

光　你说的我听不懂。

六条　（靠过脸来）亲亲我吧。

光　算了吧。

六条　您的英俊的剑眉，您那清澈可畏的眼睛。冷峻的鼻官，您的……

光　别说了。

六条　……您的双唇。（疾风般地接吻）

光　（闪身向后）我叫你不要这样嘛！

六条　我第一次吻您时，您也是这样像小鹿一般逃开的。

光　那是的。因为我根本不爱你，只是像孩子一般好奇，你利用了这种好奇。想必你已经明白，一个利用男人好奇心的女人，当会受到怎样的惩罚。

六条　您一点儿也不爱我，但您研究过我，至少您是这样思考的。您真可爱！那您就这么思考下去吧。

光　我已经不是孩子了。我是一家之主。你不觉得羞愧吗？躺在我身边的，是我的妻子啊！

六条　我只是来办要紧事的，没有什么可羞愧的地方。

光　什么要紧事？

六条　为了获得您的爱。

光　你呀，真有这份心思吗，哎，六条小姐？

六条　我的名字叫康子。

光　我没有理由叫你名字。

六条　（急忙跪倒在地，紧紧抱住站立着的光的膝盖，面颊不住蹭着膝头）求您啦，您不能对我太无情。

光　第一次看到你如此威风扫地。（自白）好奇怪，没有被人抱住的感觉，但就是腿不能动。

六条 我从来都没有过什么威风。

光 你要是早些表白就好了，说不定情况会变得好一些。

六条 这一点您没有看出来，怪您不好。我的眼睛早就失去了豪情。一个女子，当她豪情满怀、夸夸其谈的时候，也就是她最失势的时候。女人向往当女王陛下，那是因为女王拥有最多的可以充分失去的自豪……啊，这膝盖，您的膝盖，又冷又硬，当枕头。

光 康子小姐……

六条 这个当枕头可以安眠。又冷又硬，绝不会变热的枕头……我的枕头，只要脑袋一放上去就会立即变热。我的头颅是从枕头热的地方辗转逃往冷的地方迎来黎明的。沙漠里光脚走在热沙子上的人，也不能走在我的枕头上。

光 （变得几分亲切起来）请注意，我是个很少有怜悯心的男人。

六条 我知道！您和葵小姐结婚，也是出于怜悯吧。

光 （推开康子）你不要那样自以为是。（随后坐在椅子上。康子抱住光的腿，似猫儿一般用脸孔蹭他的膝盖）

六条 请不要抛弃我。

光 （边吸烟）你早已被抛弃了。

葵　　上

六条　您还在爱我。

光　你来见我就是为了对我说这个？（嘲笑）你不是来折
　　磨葵的吗？

六条　（忧郁地）我想一箭双雕来着。我，给我一支烟吧。

　　　　〔光抽出一支香烟，康子猛然夺下光口中的烟自己
　　　　　吸起来。光只好将给康子抽出的烟叼住，点上火。

光　我呀，当时很不稳定，头脑昏昏沉沉，希望一根锁
　　链。我希望有人将我锁在铁槛之中。你就是铁槛。而
　　且，当我再一次想获得自由时，你依然是一座铁槛，
　　一根锁链。

六条　在我这座铁槛之中，在我这根链条之下，看着您祈
　　求自由的目光，那便是我的喜悦。那时，我才真正喜
　　欢上了您。那是秋天，初秋时节，我约您来我的别
　　墅。我是驾驶着帆船迎接您的。我一直抵达车站旁边
　　的小码头。那是晴朗的一天。帆船的帆柱发出"咯吱
　　咯吱"亲切的声响。

光　帆船的帆柱……

六条　（急切而尖锐地）您很厌恶与我共有相同的记
　　忆吗？

光　不是相同的记忆，虽然两人住在一起。

六条　不过，总是一艘游艇，船帆在我们头顶上"哗啦哗

啦"飘扬。那船帆很想再来一次，再一次飘扬在我们的头顶上。

光　（凝视窗外）会从那里来吗？

六条　来啦！

　　　　［奇妙的音乐，巨大的游艇自下首上场。游艇似天鹅悠悠驶来，两人与床铺之间，犹如帷幕遮蔽着病床。看样子，就像两人一块儿坐在游艇之上。

六条　是在湖上。

光　好风！

六条　您是第一次来我的别墅，那里位于山下湖畔。那片绿树荫里，渐渐露出了屋脊。那是青瓷色的屋顶。到了夜晚，狐狸围绕房子来往奔突。后山狐鸣，声声可闻，您听过狐狸的叫声吗？

光　没有啊。

六条　今夜里您将会听到。接着，家里的鸡被狐狸咬住喉咙管，撕开来衔在嘴里，发出死前最后的悲鸣。

光　我不想听那种声音。

六条　您一定，一定会喜欢上我家的庭园。到了春天，草坪尽头，长出一片芹菜，清香四溢，充满整个庭园。梅雨时节，一片汪洋，庭园消泯不再露面。当水流漫过草坪的青草，可以看到紫阳花渐次没入水中的情景。您想看看溺水的紫阳花吗？眼下正是秋天，庭园的芦苇之间飞起成群的蜻蜓，那些蜻蜓宛若冰橇掠着水面飞翔过去了。

光　你的家就在那里吧？

六条　嗯。就是那青瓷色的屋脊。到了黄昏，晚霞满天，远远望去，清晰可辨。屋顶与窗户闪闪发光，那光线自远方看去，好像一座灯塔，向您通报家的位置。（片刻静场）怎么啦？您为何一句话也不说呢？

光　（温柔地）因为没有必要说话呀。

六条　啊，您这么说话，对于我真是一剂良药，是涂抹于伤口、使之迅速愈合的良药！极为有效。不过……您也明白，这种做法就是先赐我良药，然后刺伤我，而绝不是相反。首先给我药，再来刺伤我，如此一来，受伤之后，决不会再给我药……不，我很明白。我已经是老太婆了，一度受伤，就不会像年轻女子那样及早康复。每当您温言软语跟我说话，我就会不住颤抖，因为我不知道，一剂良药之后，将会等来如何惨烈的痛苦。这个时候，我觉得您不用和风细雨对我说话反而使我更高兴。

光　你好像觉得自己注定要受苦。

六条　正如白日过后黑夜来临，痛苦迟早总会到来。

光 我一点儿也不相信，我有能力给人造成痛苦。

六条 因为您还年轻。您若无其事地及早起来，一个人外出遛狗、散步，这期间，几十个女人正在看不见的地方尝受痛苦。您明白吗？仅凭您活着这件事本身，就给众多女人埋下痛苦的种子。对于您来说，这些女人即使看不见；对于这些女人来说，不论如何转移视线，您的身姿都能看见，就像城镇顶上的城楼。

光 这个话题就此为止吧。

六条 是啊，当还能继续谈论这个话题时，我依旧感到幸福。

光 你的别墅渐渐看得清楚了。二楼的窗棂子和露台的木栅栏也显现出来了。没有一个人影。

六条 嗯，是没有一个人，因为我想同您终身住在那里。

光 什么终身，不要使用不准确的词语。或许明天我们会因故而亡，例如游艇翻转之类……

六条 游艇翻船！我为何不为您购买一艘可以立即翻转的游艇呢？真是太笨啦！

光 （摇晃桅杆）瞧，会翻转的。

　　　〔康子抱住光。二人相拥。

葵的声音 （遥远而又低微）救命啊！救命啊！

　　　〔与呼声同时，病床上伸开手臂痛苦挣扎的葵的面影，映照在船帆之上。

光　现在，你听到什么地方发出声音没有？

六条　没有，一定是狐狸的叫声。狐狸的叫声白天越过静
　　　静的湖面，从那遥远的山里再传回这里。

光　嗯……已经听不见了。

六条　您呀，您想过没有，当自己身边的女人突然不是
　　　我，您会怎么办？

光　我没想过。

六条　为什么这个世界有右又有左，一个人有右侧也有左
　　　侧？眼下，我在您的右侧，这么一来，您的心脏已经
　　　距离我很远。如果在您的左侧，这么一来，您的右侧
　　　的侧影就无法看见。

光　我只有变作气体，蒸发散去。

六条　可不是嘛，我在您右侧的时候，就会嫉妒您的左
　　　侧，感觉到肯定有人坐在那里了。

光　（做出从船舷将手伸进湖水中的姿势）坐在我左侧
　　　是湖啊。手变冷了。咦，（展示濡湿的手臂）似乎冻
　　　僵了，虽说刚入秋。

　　　〔船帆对面，发出呻吟声。

光　哎呀？

六条　什么？

光　没听见？好像有人呻吟……

六条　（侧耳静听）没有。只听见桅杆咯吱咯吱响。

光　风向变了。（熟练地操作船帆，船帆不动，乃止）……湖畔芦苇随风起伏，越来越看得清楚。湖面紧缩了，或许是风的关系。

六条　是的呢……我呀，假如您喜欢上比我年轻得多、比我漂亮得多的女性，并同她结婚……

光　要是那样……

六条　我就不会死。

光　（笑）那不是挺好吗？

六条　不过，我虽然自己不死，肯定也要把那个女人杀死。我的灵魂活生生脱离我的身体，去对那个女人施加痛苦，折磨她，谴责她，给她制造灾难。我的生灵对她决不放松，直到她死去。

葵的声音　（隐隐远去）救命啊！救命啊！

光　又有响声了，是什么呢？

六条　唯有船帆在风里鼓荡，那是风的声响。

　　　　〔船帆上清晰地映出葵伸出手臂，痛苦挣扎的影像。

葵的声音　（相当大）啊——啊——救命啊！救命啊！

光　（愕然）确实有声音。

六条　那是被狐狸咬住喉咙管的鸡的叫声，随风又从湖岸传来，已经离湖岸很近了。

光 有人溺水了吧？

六条 谁会溺水呢？要是可能有，那就是我们了。

葵的声音 （清晰地）救命啊！救命啊！

光 是葵的声音！

六条 （笑）不是，是鸡的叫声。

光 的确是葵的声音。

六条 啊，您不要舍弃我！

光 是你干的，是你将葵……

六条 不是，不是我干的！这一切都是您……

葵的声音 唔——唔——

光 葵！

六条 好好看着我！您所爱的不是葵，切莫搞错！看着
    我，您所爱的，是我！是我！

光 （摇头）不是。

> ［二人蓦然对视，奇妙的音乐。康子返身欲转向船
> 帆后面，光制止她。康子甩开光，进入船帆后。光
> 追踪她，舞台暗转。奇妙的音乐奏响期间，游艇徐
> 徐驶向上首。游艇一旦消失，舞台转亮。康子的身
> 影消失，光一人茫然而立。

光 （猛醒一般抄起桌上电话听筒）喂喂……喂喂……

嗯，请接外线。是外线吗？中野九九九号。喂喂，喂喂……六条君的家吗？你是六条君吗？康子夫人在家吗？嗯，是夫人。怎么？她早休息啦？哦，在卧室里吗？没关系，请把她喊起来。我吗？我是若林，若林光。我有急事。请一定叫醒她。这个……

　　〔片刻，光又不放心地看看病床。葵静静仰面而卧。

光　喂喂，喂喂……是康子夫人吗？刚才一直待在家里？是躺着的吗？你确实是康子夫人吗？是啊，声音确实是她啊……这么看来，那是她的生灵……哎，喂喂，喂喂……

　　〔上首房门有人敲门。

六条康子的声音　（清晰的嗓音自门外传来）光君，我忘了一件东西。手套忘啦。电话旁边有一副黑手套吧？请拿给我。

　　〔光茫然拿起黑手套，顾不得接电话，向上首出口靠近，开门而去。光走后，听筒里康子打电话的声音，蓦然变大，观众也听得很清楚。

电话里康子的声音　喂喂，喂喂……什么事？光君，怎么啦？如此深更半夜喊我起来，又立即沉默不语了。什么急事呀？怎么不回答我呀？……喂喂，光君！……喂喂，喂喂……

〔电话的声音最后到"喂喂"前后，床上穿着纯白睡袍的葵，猛然向电话机伸出手去，随后发出巨大声响，跌落在地板上，死去。舞台急剧转暗。

——幕落——

鹿鳴館

ろくめいかん

—时间—

明治十九年（1886）十一月三日

天长节[1] 早晨至夜半

—地点—

第一幕 影山伯爵邸内游泼亭

第二幕 同第一幕

第三幕 鹿鸣馆大舞厅

第四幕 同第三幕

—人物—

影山悠敏伯爵及夫人朝子

大德寺侯爵夫人季子及女儿显子

清原永之辅及儿子久雄

飞田天骨

女管家草乃

宫村陆军大将及夫人则子

坂崎男爵及夫人定子

侍务长[2] 山本

侍者川田、小西等

工匠松井

女佣 A、B

※

伊藤博文及夫人梅子

大山岩及夫人舍松

英国海军副提督哈密敦、海军士官等

清朝陈大使及其一行

舞会上其他众宾客

1　天皇诞生日。

2　日语原文为"给仕头"，照顾进餐者吃喝的主管人员。

第一幕

[明治十九年十一月三日，天长节早晨十时。

[影山伯爵宅邸宽广的庭院内，小山顶端坐落着茶室潺湲亭。舞台近处细流涓涓，周围分布着秋菊、飞石、洗手钵和竹水管。茶室下首，可以窥见小山坡上的后门和门房；上首可以尽情远眺日比谷练兵场。连缀着飞石的道路，从左侧开始绕茶室一圈，通往右侧。茶室檐端悬挂着古旧的匾额"潺湲亭"。

[幕启。茶室障子门敞开。一位女佣在廊缘上摆放五六只坐垫，另一位女佣布置茶点。

[不一会儿，女管家草乃抱着望远镜，陪伴女宾们自下首上场。走在前头的是大德寺侯爵夫人季子及其女儿显子。紧接着是官村陆军大将夫人则子、坂崎男爵夫人定子四人。她们一律着正装礼服。

草乃 小姐、夫人，请先在这里休息一下吧，我家夫人马上就来。

季子 好的，好的。请不用客气。

则子 望远镜请借我一下。

草乃 请。（给则子望远镜，下）

〔随着风声不时听到上首远方传来军乐声。

则子 （将望远镜朝向上首）啊，好漂亮！军帽上的羽毛真多呀，正随风飘荡呢。

定子 看到您的夫君了吗？

则子 咳，那么多军帽中间……

定子 不过，陆军大将也没几个人啊。

则子 哦，看到啦！丈夫那副胡子，今天一早抹了好多发胶，都翘到耳朵上去喽！……正对着这边瞧呢。（将望远镜脱离眼睛，抱在胸前）怎么办？要是知道我们在这里偷看阅兵式……

定子 没关系，从那里是看不到的。（接过望远镜观望）

季子 瞧见这家男主人了没有？

定子 不看看他总是不好啊，如今我们都在这座宅子里做客呢……哎呀，好大的灰沙，茫茫一片，整个练兵场……啊，尘埃飘远啦。这家男主人影山伯爵在哪里呀？他要是抬起手做个手势什么的就好了。

季子 他肯定在陛下的天篷下边。

定子 天篷下是无法看清楚的，即使坐在稍远的人，也只能看到大礼服光闪闪的前胸，面孔都被天篷遮挡住了。

则子 （对季子）大德寺侯爵不来参加阅兵式吗？

季子 唉,他呀,从头到脚都高雅得出奇,什么马队啦,军队游行啦,他都害怕看到。

定子 (继续用望远镜窥视)骑兵队游行开始了。嗬,好威风啊,先头的天皇旗清晰可见。(军乐高奏)风裹着尘沙又向这边吹来了。(将望远镜交给显子)小姐,请瞧瞧吧。

显子 (一直沉默不语,婉拒)哦,算了,我不要……

季子 这孩子倒也是父亲的女儿呀。(随即簇拥着显子坐到茶室的廊缘上。其余二人用望远镜瞭望)

显子 影山先生的夫人怎么还不来呢?

季子 她是有意迟到啊。她是个很用心的女人,看到夫人们都在瞭望自家夫君的姿影,她就有意避开。每年天长节的早晨,我们从宫中朝贺回来,都会聚到这座宅子来。这已成了习惯。这里比天子所在的地势高出不少,要观看阅兵式,最理想不过了。而且,每逢天长节,为何总是碰上这种晴暖的小阳春天气呢?冬天到来之前,秋令最后的花季之日,菊花飘香。早晨纯净而干爽的空气……请看,(手指着客席)这座广阔庭院里所有的树木,湖水的光芒,正屋平缓而宽大的屋顶,还有湖心岛上姿态优雅的小松树……看上去,仿佛每个角落,都有幸福的女神平心静气地住居着。

（和婉地）你那悲戚的面颜，同眼前的风景颇不相宜。

显子 那么，照妈妈的说法，满怀悲伤的人，就没有资格欣赏美好的风景了吗？幸福的人是不需要什么风景的。

季子 照你的说法，这家主人也不幸福喽。

〔则子、定子来到茶室，一同坐在廊缘上。

则子 影山先生的夫人没有参加这次天长节的朝贺会吧？难得夫人相伴左右的习惯，终于在日本也成为可能了，但是……

定子 可她不出席今晚鹿鸣馆的晚会，倒是太奇怪了。又不是别人，而是她的夫君影山伯爵主持这个晚会啊。我们去劝劝她，今夜无论如何……

季子 不行不行，您想想她能出席吗？一个心性倔强的人，一旦决定不来，是绝不会改变的。

则子 不过，伯爵要为难了。这位运筹帷幄、将鹿鸣馆玩于股掌之中的交际能手，夫人却在极力拉他的后腿。

定子 （悄声地）怎么可能是拉后腿呢？她还不是觉得不好意思吗？人家可是新桥的花魁，必须遵循一定的法度，我们哪里懂得？有一次，我们不也是睁一只眼闭一只眼，听从了她的任意安排吗？

季子 说到哪里去了呀？绝不是那么回事。我相信我比谁都更了解她。她出身新桥名妓，自那时起，她就是一位精通男女情恋的专门家。其实，我们女人多多少少都堪称这方面的博士，不是吗？男人们可以说是工程师，我们女人就是负责学术理论的。因此，她厌恶政治，厌恶一切公式化的东西。大凡公式化的事务，都是造谣说谎的开端。男人们撒谎，都是在公式化的世界养成的。

则子 那么说，花柳界就是撒谎拐骗的世界了。

季子 在那种地方，一个弱女子要保护自己，只有撒谎。为了学习撒谎，女人们必须像男人一样，主动到公众场合亲自见习。但是她厌恶到那种地方去。

定子 这么说，我们这些人比起她来更喜欢撒谎喽？

季子 我就是如此。她可不一样。她在任何地方都注重朴素的感情。她的夫君，绞尽脑汁，屡次热心地拉她去公众场合就座，为她请来舞蹈师，请来法国人裁缝。她的夜礼服比我的多得多，都在壁橱里睡觉呢。我可以保证，她的交际舞没话说，她的洋装十分优雅。但她却顽固地拖曳着长襟广裾的和服。但凡公众场合，不管什么地方，绝不露面。

定子 在这个美好而崭新的时代里吗？

则子 这可是女人们几百年来，第一次见到天日的新时代啊！

季子 嗯，不过，谁都不可对别人的爱好说三道四。

则子 （窥望下首）来啦，来啦！正走在泉水旁边的道路上呢。

显子 到底还是来了呀！

季子 （对女儿）好，你不用急，只管听我吩咐。

　　　［这家女主人——影山伯爵夫人朝子，跟随草乃自下首上场。她身穿和服，长裙广裾，纤手褰裳，全然一副贵妇人装扮。

朝子 大家好。实在抱歉，让你们久等啦。

季子 用不着说这么多客套话了。刚才我们正在商量，看有没有好办法将您拉到鹿鸣馆的晚会上去呢。

朝子 您可真会开玩笑。我这么一个旧派女子，怎么能到那种华丽的地方去呢？

定子 这么漂亮的庭园，真是百看不厌呐。

朝子 哪里哪里，好久没有收拾了。不说这些，宫村夫人，您看到您夫君的身姿了吗？

则子 嗯，看胡子就知道了。

朝子 那胡子真的很漂亮啊。

则子 丈夫一天到晚只顾拾掇他的马和打理他的胡子，烦死人啦。即便自己的爱妻穿戴如此华丽，他也不肯瞧我一眼呢。

定子 好啦，不能再耽搁啦，我必须在丈夫参加阅兵式回来之前赶回家中。

则子 我也是。好不容易来一趟，今天就到这里吧，对不起，告辞啦。

朝子 我送你们到门口。

季子 我有件事要跟您说说。

朝子 那么……啊，草乃，你叫女佣送送夫人们吧。（草乃从茶室的一间房间里喊出先前那位女佣，送两位夫人出门）……那么，我就不送了，再见。（则子和定子一边招呼，一边向上首走去。对着季子母女）不进去坐吗？到室内可以慢慢聊嘛。

　　〔草乃将两张椅子搬进茶室，季子母女进屋坐在椅子上。朝子进来坐在座垫上。草乃适时地退回别的房间。

季子 您用这一手对付她们两个，真是妙极啦！伪善一旦到您的手中，就变成一束香艳的鲜花。

朝子 瞧您说的。我送的花儿只是投其所好罢了。

季子 您可真厉害啊！我今天来，想跟您谈谈我女儿的事，这件事全指望您多多帮忙呀。我想让女儿好好生活在这个新时代，我要使女儿拥有一个我们未曾拥有的人生！因此，这孩子的爱情，也就是我的爱情。

朝子　这么个天真无邪的大小姐，已经开始恋爱了吗？

季子　可不是吗，这孩子的父母都出身于公卿家庭。祖上长袖善舞，这孩子也喜欢过激。真正公卿家族的血统，就是过激派的血统。正如有钱人都轻视金钱一样，我们都具有因袭的传统，因而可以轻视因袭。我丈夫的优柔寡断，也是配不上公卿家风的。

朝子　这么说，是在进行着过激的恋爱了？瞧，多么可爱的脸蛋。对方怎么样？莫非是蓝眼睛的异邦人……

季子　我喜欢异邦人，可显子不喜欢。（瞅着女儿的脸）

朝子　喜欢那些社会下层的人吗？

季子　不，不是下层的人，不过是那些人的同伙。

朝子　该不是自由党的残余吧？

季子　正是自由党的残余，或许。

朝子　（脸色大变）哎？

季子　您感到吃惊是当然的。那帮人是您丈夫的敌人，据说他们正算计着要您丈夫的命呢。

朝子　啊！

季子　哎，显子，你就全都对阿姨说了吧。自己的事自己讲讲清楚，否则就不能做新时代的女性。

显子　那……那还是夏末的事，霍乱正在流行，父亲禁止外出。于是我便同母亲二人偷偷溜出来，去观看基亚里尼马戏团[1]的演出。

季子　（对朝子）您看过基亚里尼马戏团的演出吗？

朝子　没，没看过。

季子　啊，那真好看。

显子　母亲和我很久没有外出了，再说马戏又很有意思，心情十分快活。

季子　基亚里尼指挥两匹马跳舞。

显子　两匹马的名字分别叫作菲卡尔和宝弥陀。

季子　马儿踏着音乐跳舞，顶着星光闪耀的头冠，简直就像天马一般。白马的肩肉内部，似乎隐藏着一双羽翼。

显子　最后，一对狮子的表演是马戏团的压轴戏。（对母亲）我和母亲走出筑地的海军技术研究所的天篷。海上，夏月高照，犹如悬挂着一面当当作响的铜锣。

季子　那喧嚣不止的月亮啊！

显子　是我们的内心喧嚣不止。这时母亲才发现，那只法国进口的手提包丢失了。

1　明治十九年（1886）和明治二十二年（1889），意大利基亚里尼（chiarini）马戏团，两度赴日表演马戏和驯兽等节目，轰动岛国。

季子 是啊，包里装着一枚钻戒，因为戴在手指上稍大了些，才摘下来放在包里的……

显子 这时候，他走过来跟我们打招呼。一身碎白花和服，外面罩着宽脚裤。

季子 我接过他送来的手提包，向他表示感谢。

显子 谁知他只是露出白牙笑笑，摇摇头。

朝子 那位青年，就是你的对象吗？

季子 是的。在我们再三邀请下，他才答应第二天一同吃午饭。我们的表现或许有失稳重，但那青年实在太招人喜爱了。咳，怎么说呢？拿女人来举例，就如您吧。

朝子 呀……显子的这段关系，没有获得理想的结果吧？

显子 嗯，昨天晚上，他来道别了。他说，此生也许不能再见面了……不管我怎么问他，他都不肯说出理由。不过，我懂了。他今天是要去干一件舍命的事情，特来告别的。

朝子 为什么？那……

季子 自由党的残余们一直吵吵闹闹，反对鹿鸣馆呢。

朝子 你们知道那位青年也是自由党吗？

季子 他父亲是名人。说出名字令人害怕，他就是反政府派的领袖清原永之辅，您不知道吗？

朝子 （心中一震）哦，清原……

显子 他好像有事，虽然走出了父亲家门，但凭他那副激烈的性格，一定是为他的父亲决心舍命赴死。

朝子 那位青年叫什么名字？

季子 他叫久雄。

朝子 （惊愕）久雄……明白了。我能为你们做些什么呢？怎么才能救显子？请直言吧，凡是我能做到的，什么都行。

季子 如果今天这可怕的一天，平安度过去了，那明天，我想送女儿和那男孩子一起逃往他地，远走高飞。想拜托您的就是这件事。一方面是通过您的双手，巧妙地挽救年轻人的幸福，一方面也是为了您自己……

朝子 为我自己？

季子 对，用您自己的力量救出您的丈夫。久雄君虽然没说什么，但据世间传言，自由党的目标是要您家老爷的性命。假如久雄君放弃这一使命，打算同显子一起私奔，那么您家老爷就能远远脱离危险了……

朝子 为了丈夫……这个撇开不说，您想得很周到。首先您就说是为显子小姐好了。既然您把恋爱的事都托付于我，不管有多么困难，我都要为他们开辟道路。只要为了这一点，我就会勇气倍增。你们的爱情之路纵然有大树阻挡，我也要凭着弱女子的双手将它拔除！你究竟作何打算呢？假如久雄君本人出了什么事的话……

显子　我会追随他而去。

朝子　听到你这句话，我也有了自信，不管什么事都可以帮助你。是吧，夫人。那位青年舍弃性命的事，就是说，男人一旦投入其中则会忘掉女人的一切，我们应该凭借女人的力量，将他们的梦想打碎。

季子　是啊。我们女人应该齐心合力，将野马般的男人的双脚拉回原地。男人一心想毁灭自身。男人所热心追求的，原本应该只有女人，其他都不在他眼里……所以，还要请您多多帮助。

朝子　我知道了。

季子　实在太感谢啦，太感谢啦。好吧，显子，叫久雄君上这儿来吧。

朝子　那青年已经进来了？！

季子　我好不容易说服了他，将他带到府上来了。让他直接见见您，一旦接触心地善良的人，他那颗被政治冻结的心就会融化，将头脑里考虑的事放进心里重新掂量掂量。（从客厅走下庭园，用望远镜对准客席，交给朝子）瞧，池畔的亭子里，不是有人影晃动吗？

（拿出扇子）将扇子放在胸前，一张一合，这就是发信。他已经气喘吁吁，跑着登上庭园的石阶了，不是吗？（对女儿）好吧，这两位说话，我们还是不在场为好。一切都放心地交给这位阿姨好了。回家等好消息。拜托啦，朝子夫人。（草乃由别室上场）

朝子 放心吧，小姐。

　　〔草乃陪同季子母女走向下首。同时，久雄自上首上场。蓝色碎白花衣服，套宽腿裤。一身青年打扮。

久雄 初次见面，您好……大德寺母女呢？

朝子 母女俩先回去了，她们认为我们两个单独谈话更方便。

久雄 ……是吗？

朝子 来，请坐。先从哪儿说起呢？对啦……显子为了你的事都急疯啦。她说，您要是出了事，她立即会跟您而去的。

久雄 啊……

朝子 回答怎么这么有气无力的？你不喜欢显子小姐吗？

久雄 不。

朝子 你对我不放心，情有可原。我丈夫是大臣，你父亲憎恨内阁。可以说，你今天跑到敌人的大本营里来啦。

久雄 请您不要提我父亲。

朝子 那好……不用婆婆妈妈说些家庭琐事了，那就像男人一样单刀直入地向你发问，这样可以吗？

久雄 问什么是您的自由。

朝子 那我问你，今天你向所爱的人告别，到底所为何事呢？

久雄 ……

朝子 看你难于回答的样子，不光是秘密，而且是预先不愿让人知道的惊天动地的大事，对吗？

久雄 哪里，是一件很耻辱的事。

朝子 大丈夫豁出性命干的事，不可自认为是耻辱。不管世上的人怎么看，哪怕是触犯法律之罪。

久雄 好吧，我只说一句，正如您所说，我确实打算舍弃性命。或许，我再不会看到明天的太阳。不过，我这件毫无意义的行动，仅仅只会为历史留下一个小小污点罢了。

朝子 那么为什么非要舍弃性命不可呢？

久雄 我厌恶一切理想的东西。旗帜和漂亮的招牌，这类东西我一概厌恶。为了给那些为理想而死的家伙以警示，我要为一点儿私情私事而赴死。尽管如此，这种行为本身，和为理想赴死一样，但要付出更大的勇气和胆略。我相信，我有这样的勇气和胆略。

朝子 那么，显子小姐怎么办？

久雄 请不要让我想起显子小姐来吧。

朝子 你要干什么呢？不妨跟我说说，只是对我一个人，就像跟母亲说话一样。

久雄 这和您没有任何关系。

朝子 不过，你今天或许要杀死影山伯爵，我可是他的妻子啊。

久雄 （冷笑，不作回答）……

朝子 你决心不再搭理我，是吗？（犹豫后，下决心）那么，假如你要杀死的那人的妻子正是你的母亲，你会怎样呢？

久雄 我没有母亲。

朝子 是吗。（转念一想，为告白而犯犹豫）你父亲同时担负起母爱，将你一手养大成人，对吗？

久雄 （果决地）不对。

朝子 怎么？

久雄 父亲根本不顾家庭。家中一切，从来都是托付给乳母她们管理。父亲的夫人早死了，兄弟五人中，只我一个不是父亲夫人的孩子，而是一个谁也不认识的女人的孩子。因此，乳母她们一直虐待我一个人。我是在厨房长大的，父亲什么也不知道。父亲是理想家，父亲打算为理想贡献生命。

朝子 哎呀，这些我都不知道。

久雄 别人家的事情，您当然不会知道。随着一年年长大，我越发憎恨父亲。父亲是位优秀人士，无可挑剔的理想家，法国大革命中英雄式的人物，纯粹的自由主义者。然而，理想家的家庭既黑暗，又阴惨，见不得人。因此，我对理想渐渐产生怀疑，也是理所当然的。我一天到晚想脱离父亲的理想之国，去年逃出了家门。我加入流氓团伙……其余，我不想再说了……哎呀，您为什么落泪？是可怜我吗？为了不让人可怜，我该怎么办才好呢？我可以表扬父亲吗？论起表扬父亲的话，我有千言万语。抛开我的立场、我的人生来说，清原永之辅，他是个高洁的人物，我从未见过他对人卑躬屈膝。父亲对金钱不感兴趣，是个为理想献身的人物。他是卢梭的信徒，是日本的雅各宾党员[1]，众多为自由和平等而勇于牺牲的热血男儿中的一员，是血气方刚的青年们的偶像，不管何时死去，

---

1 法国大革命时期的政治团体，以极端激进主义和暴力闻名。

都将是新时代时髦神社中的一尊神灵！

朝子 我明白了，你打算为这位高洁而严冷的父亲赴死，是吗？

久雄 任您去想象吧。

朝子 我也到该袒露个人秘密的时候了。保守了二十多年的秘密，这是我从姑娘时代决心一生一世不对任何人泄露的秘密。今天，我全都告诉你吧。

久雄 我们可是第一次会面啊。

朝子 是的，第一次见到的你，生长得是如此优秀，其实，你那初见面时阴郁的表情里，正蕴含着我的罪孽……你完全有资格责骂我，用脚踢我……纵然如此，我也无法为自己辩解。幼女时代的我，一直是这么想的。当你父亲为了你将来的成长，提出要把你领回的时候，我虽感到撕心裂肺般的痛苦，同时也觉得，这样做对你的未来和出世大有好处。那年我们母子硬是被人拆开，我日日夜夜，哭肿了眼泡，一心寻死觅活。但我必须考虑作为男儿的你的将来：你不能做个没有父亲的儿子。

久雄 您是说您就是我的母亲？（忖度半晌）我不相信这种闹剧般的故事。

朝子 你当然不会相信的。你只管问好了，无论什么都可以问。你会渐渐明白，我的话没有一句谎言。

久雄　那么我问您，这都是假定。您把生下来的我交给了父亲，脱身而去的您，以及后来的您，怎么样了呢？

朝子　很长时间，我都是半死半活地度过日月。

久雄　再后来呢？

朝子　慢慢也就死心了……我做了艺妓。

久雄　再后来呢？

朝子　呀，好严酷的提问啊！没关系，只管问好了。那以后……（转过脸去）渐渐地忘却了。

久雄　哦，您很诚实。这一点，我懂。直到很久以后，您就嫁到这个家来了，是吗？

朝子　……（无言地点点头）

久雄　（不由一阵激动）由于您的遗忘，我才得以成长。我的身子天生具有一颗心脏，具有悲伤和苦恼。您知道，自我能记事时起，我未曾有一天不在思念我那位神秘的生身母亲。那正是您将我完全遗忘的时候。（忽然醒悟）我真蠢，对于这场难以置信的闹剧，我竟如此激动万分。

朝子　（沉静地）我很清楚，你背部右侧，有一颗红叶形状的小黑痣。你左边的膝盖，有一道细小的伤痕……某个夏日的午后，我哄你睡觉，我自己竟然迷迷糊糊睡着了。这时，醒来的你爬过来，不小心被剪刀刺破了膝头，到医院缝了两针……我真是个粗心的母亲！你要是一直在我身边，未必成长得像今天这般出类拔萃。

久雄 （再度激动，极力抑制感情）够了，够了。您什么都知道，什么都明白。您肯定是我的母亲，我保证。我总可以保证吧……拜托了，我请您暂时沉默。

〔长时间沉默。

久雄 ……您曾爱过我的父亲吗？

朝子 是的，打心眼儿里爱慕过他。

〔沉默。——突然，上首传来号炮的殷殷轰鸣。

朝子 这是什么？

久雄 天长节的礼炮。近卫炮兵队发射百发礼炮中的第一颗炮弹……这么说，现在也还是吗？

朝子 哎？

久雄 现在您还爱父亲吗？

朝子 自从忘记自己是个母亲以后，我又重新做了一回女人。你会觉得太可怕了吧？自那时起，我每天每月……

〔号炮再次轰鸣。

久雄 什么？

朝子　我年年月月，越来越深刻地思念你的父亲，再也忘
　　　　不掉他。来到影山家后，这种心情依然没有改变。我
　　　　明知对不起自己的丈夫，但除了你父亲以外，再也没
　　　　有爱过其他任何一个男人。见不到他之后，越发……
　　　　［号炮声再度传来。——沉默。

久雄　我今夜要杀的不是您的丈夫。

朝子　哎？

久雄　我今夜想暗杀的是我的父亲。

—— 幕落 ——

第二幕

[当日午后一时。舞台皆同第一幕。幕启，朝子和草乃站在一起说话。

草乃　夫人，请再告诉我一下时间。

朝子　（从衣带里掏出小小金怀表，打开盖子看）一点了。老爷还没有回来，到内阁午餐会时就会回来的。在这之前，无论如何，都必须结束这场谈话。草乃，没错吧，全都运筹好了吧？

草乃　哎，那件事已经万无一失。

朝子　后门门房，也都一概关照到了？

草乃　不用操心。（说罢，转头向茶室那边走去，向下首张望了一下）夫人，守门人正挥动手巾给我们打招呼呢。他们终于来了！

朝子　赶紧回个信号，快！

[草乃挥动手巾。两人背向客席，时时向内窥探，又回到前台。

朝子　那位先生来啦！那位先生来啦！草乃，我是不是在干着什么见不得人的丑事？简直就像在与男人密会。

草乃　怎么可以这么说呢？清原先生，久雄少爷还有显子小姐，不管怎么说，您是在这关键时刻要救他们的命呀。

朝子　可你想想，草乃。那位先生渐渐上了年纪，会变得越来越帅气。每听人讲起他来，我总在脑子里描绘着他现在是啥模样。这些年我一直闷在家里不出去，根本原因就是不想再见到他。到了今年，我突然使唤你叫他来，他的样子会变得怎么样呢？我的心情即使不变，但他一眼望见我，还不是觉得我又老又丑吗？

草乃　您还是那么年轻，那么美丽……

朝子　你不用安慰我。他喜欢和服还是洋装呢？他猛烈抨击内阁，极力反对大兴鹿鸣馆，看来一定厌恶洋装，这就像老爷喜欢"主义"呀"思想"呀什么的，两者没什么不同。要是他厌恶和服，眼下我这副长裙拖曳的打扮又如何能去见他？啊，我的心就像小姑娘一样怦怦直跳。快把手镜给我照照看。你瞧，草乃，为了对他报告一件大事，我变得意气风发，衰老都未能爬上我的容颜，刻上更加清晰的皱纹。到了这把年纪，还想将真诚和青春一并呈现于他的眼前，可也真是叫人难为情。为什么呢？因为只有作假才会显得年轻，而这种假象会消减宝贵的真诚。

草乃　放心吧，夫人。您的决心就像朝阳从内部喷薄而出，您饱满的容颜闪现着青春的光辉，根本不需要涂抹口红……来啦！听到登上石阶的脚步声了。

朝子　好，马上请到这边来。在我同他说话的时候，务必将早晨用的望远镜对准正屋方向，监视老爷的到来。

　　〔正说着，一身西装打扮的清原自茶室后面上。草乃陪客人进来之后，遵照夫人吩咐，将望远镜瞄准正屋。

朝子　欢迎，请到这边来。就请坐到廊缘上吧，免得惹起额外的麻烦。

清原　久违，久违。

朝子　您果真没变……是的，一点儿都没变。头发还是那么亮，那么黑。

清原　没看我腰都弯了吗？我之所以不显得老，或许多亏政府的镇压吧。不论哪个国家，被压迫的民众，总比统治者显得年轻。我一直是这么看的。不过，对于你奇妙的青春，用这种理论就解释不通了。

朝子　您是真年轻，我是假年轻。简直就像昨天刚见过面一样，说起话来快人快语的，同二十年前的您一模一样。到底怎么回事？我说起话来，也感到轻松自如，刚才还在想，见到您时，该不会讲不出话来吧。

清原　这都是日积月累的结果，我们总惦记着有朝一日，能够重新回到往昔快乐的日子。我们将会再见面的。于是，自那时起，往昔的日子就已经开始。纵然稍有眩晕，但乘兴而往，又忽而感到身轻如燕。

朝子 是这样吗？奇妙的是，我丝毫不觉得别别扭扭，只感到自由自在。空气忽然变得香甜起来。简直就像走出混杂而憋闷的屋子，忽然来到广阔的原野……我们为何会如此自然地走到一起呢？

清原 那是因为你长期远离自然的感情，不是吗？

朝子 这肯定无疑。我之所以将爱看作是一种窒息，只因为我的想法过于天真。请看，站在久久望着的您的面前，我的手臂丝毫没有颤抖，反而比平时更加充满活力，感觉就像一双羽翼。

清原 （拉住她的手）你可不能凭借这双羽翼离我远去。纵然你不能飞离，可时光却毫不留情地逝去。快些说吧，说实在的，我同你见面，是因为有件事情，务必向你道歉。那就是久雄的事……

朝子 久雄！

清原 是的。我是个无能的父亲。时至今日，我只能这么想。

朝子 久雄他……

清原 关于久雄，你听到些什么了吗？

朝子 不，没有，什么也没有听到。

清原 那孩子去年突然离家出走，杳无音信。也没有留下一句话。我想，他会活着的，但愿如此。不过，生死难定。我无暇顾及家庭，对他也是无能为力。然而，只要他回来，我会随时准备亲切地迎接他。

朝子 （故意显得惊讶）啊，久雄！

清原 我必须向你道歉，我对不起你。

朝子 您不必向我道歉。既然我已经知道了，我就要尽力寻找久雄。不过，如果我能找到他，更重要的是看您的心情。我想问您，清原先生，您能否永远以一个父亲的态度对待久雄？

清原 即使现在我也不会改变。他是个直心眼儿的好孩子，比起其他孩子，我对他从来都不耍脾气。你的长处，连同我不多的长处，共同造就了他。他一生下来，就是一个易于受伤的青年。我很喜欢久雄，虽说在行动上我什么也没做，但作为父亲，我的一颗心，比起其他孩子，更倾向于久雄。现在想想，我无须再隐瞒自己的心情，我要将我的感情公开！

朝子 啊，您一定觉得处处不如意吧。真的，就是不如意啊……不过，听您这么一说，我就安心了。不，还是不能安心。假若您的心情真是这样，请您一定继续坚

持下去。为了拯救您这个父亲的心情，为了医治目前
失踪的久雄那颗受伤的心，再没有别的办法了。只有
这样做，才能使您的命和久雄的命同时得救啊。

清原 你似乎知道些久雄的情况。

朝子 不，我什么也不知道。即使您认为我知道，如今什
么也不要问。也不能再问。您当前的危险，和那孩子
没有任何关系。

清原 我当前的危险？

朝子 明白地说吧，今夜您的命将会很危险。

清原 什么？

朝子 您不相信吗？今天我特意请您来，就是想救您
一命。

清原 谢谢你的好意。我是个生活在危险中的人。危险是
我的家常便饭，正如刚才所说的，只是我危险生活的
一部分。我活在暴风雨里，在微风中喘息。可以大言
不惭地说，只有激烈的酷夏和寒冷的严冬才适合我。
这种风和日丽的小阳春，对于我只能是毒害。因为在
这样的日子里，我的体内必须同时备有灼热的炎夏和
冰冷的严冬。自由就是这样的东西，而且它能使被小
阳春天气欺骗而昏昏欲睡的人们清醒过来……我就是
这么想的。我从来不吝惜自己的生命。

朝子　这正是过去的您。二十年前的您。一个永葆青春的您!

清原　即便到了这把年纪，在我心里，始终装着这样一个永远长不大的孩子。

朝子　您应该好好对待那个孩子。女人所爱的，民众所爱的，正是勇猛而杰出的存在于男人心目中那个圣洁无垢的孩子。为了这个孩子我要对您说。我知道，今夜在您的指使下，自由党剩余的勇士们，将手执白刃闯入鹿鸣馆晚间会场。而您的马车会停在鹿鸣馆外围的墙根下，从那里指挥勇士们进攻，对吧?

清原　（甚感惊讶）你怎么这么说呀?

朝子　我所知道的就是这些。

清原　你都知道了。你如此责备我。你是女人，倒也难怪，所以才如此信口开河。这种危险的恶作剧，究竟能获得何种作用呢? 你是代替你丈夫说的这番话吧? 政府为了日本的将来急于改正条约，为此，必须使外国人亲眼看到一个值得改订条约的文明开化的日本。给他们看的，应该是鹿鸣馆的晚会，而不是霍乱与恐怖主义的日本。你是说，我想叫他们看到扎着白头巾的年轻人挥舞着钢刀那般野蛮而未开化的日本吗? 你絮絮叨叨说了这么多，正是屈辱的借口。

朝子　您为何要这么说呢？在您面前，我从未站在丈夫的
立场上说过话。您的疑心未免太重了，仿佛我成了丈
夫的代言者，中了我丈夫设定的圈套。很难想象，您
竟然这样怀疑我。

清原　我懂了。我了解你的真情。你是因愤恨说漏了嘴。
还是忍耐一下吧。不过，那个无人知晓的消息要是走
漏风声，那只能认为是你丈夫在其中做了手脚。

朝子　不，我发誓。不关我丈夫的事。我自己明白，为
了救您的命我才这样求您。怎么样？取消今晚的计
划吧。

清原　（久久沉默后）明白了……明白了（但又下决
心）……谢谢你的好意。计划泄露了，我很遗憾。不
过，一旦决定的事情，一定要实现。说到我的命，我
会十分警惕，不必担心。你告诉我计划已被泄露，这
对我是多么大的帮助。谢谢了，我向你致敬。

朝子　取消吧，求您啦，赶快取消吧！

清原　您都想到哪儿去了。妇人之见，也难怪。不过，在
我看来，朝子。

朝子　哦，您第一次喊我的名字。

清原　不过，在我看来，你好像说过厌恶政治。你说我处
在可恶的政治和可恶的外交之中，这话也有道理。但

是，你总知道"玛利亚·路斯号事件"吧？[1] 明治五
年时的日本，同样具有非常杰出的自主外交，具有卓
越的正义者大江卓[2]般的人物。当时的副岛外务卿也
是一个伟大的人物，法律顾问美国人帕申·史密斯[3]
也是自主外交优秀的协力者。一旦变成萨长藩阀政府
之后，一切都不行了，又回到了从前那种屈从于帕
克斯[4]公使恫吓的时代。如今应邀来鹿鸣馆的外国人
当中，有谁会像政府所希望的那样，重新认识文明开
化的日本，并给予尊敬呢？他们都在心中暗笑，冷
笑，把贵妇人看成艺妓，把那种舞蹈看作猴子跳跃。
政府高官和贵妇们屈从的微笑，非但不会使得条约得
到改正，只会增强他们的轻侮之念。你说对吗，朝
子？我巡游外国方才感知，一个不具备自尊心的国
民，绝不会赢得外国人的尊敬。勇士的闯入，虽说有
些胡作非为，但他们敢给政府泼冷水，让外国人知道

1 明治五年（1872），秘鲁客轮玛利亚·路斯号（Maria Luz）驶入横滨
港，因同船中国苦力逃逸引发日秘两国纷争。日方主张释放苦力，秘方不
服，经国际仲裁裁决，日方胜诉。
2 大江卓（1847—1921），日本政治家、实业家。曾以神奈川权令（副知
事）名义，勒令从奴隶船上解放奴隶。
3 帕申·史密斯（Erasmus Peshine Smith，1814—1881）美国经济学家，
在 1871 年至 1877 年间曾担任日本天皇的顾问。
4 亨利·帕克斯（Harry Smith Parkes，1828—1885），英国驻日公使。

日本也有胆大包天之人，有了这一点，我也就满足了。我下命令给年轻人，不容许因挥舞钢刀而使客人受到一丝伤害。年轻人跳上一曲刀剑舞蹈，是为了张扬威势。仅此而已……我不希望他们超出这一点。世上有人把我说成是杀人犯的首领，只不过是毫无根据的传言。如果我因为这件事而被杀死，虽说等于死一只狗，但总会不断有人继承我的遗志……这回你懂了吧？从年轻时候起，不论是自己的屈辱，还是别人主动实施的屈辱行为，我这人都无法忍受。

朝子 我想我很理解您的意思，不过，我还是要劝您，请您务必取消吧。按理说，男人做得正确，女人本不该阻止。这件事，我觉得很重要。不过，我还是请求您。（两手扶地）请务必停止吧。

清原 已经无法停止了。您绝不出席晚会，既不会给你的丈夫造成麻烦，也不会给你带来什么麻烦。

朝子 （似乎想起什么）鹿鸣馆的晚会……我……

清原 你是绝不会出席那种公众晚会的。我想，那种传言非常符合我的心愿。我还是以为你和其他人不一样。

朝子 我出席晚会？清原先生，我只是假设，如果我生来第一次亲自打破惯例，去出席晚会，会怎么样呢？

清原 你出席晚会？那是不可能的事。

朝子 我是说假如。要是我真去了，您会蔑视我吗？

清原 那是不会有的事。

朝子 如果我去了，世人就会拍手大笑吧。这对我来说是最大的耻辱。纵然如此，该做的我还是要做。按照西洋式的做法，假如我出席，那么，今晚由丈夫主办的这个晚会就会变成女主人的晚会，我朝子的晚会。

清原 是这样的。

朝子 这么一来，您的勇士们所扰乱的，不是我丈夫的晚会，而是我的晚会了。您所损害的，不是我丈夫的名誉，而是我的名誉了。

清原 你出了一道难题啊。

朝子 （温柔地）您还厌恶我穿洋装吗？

清原 不可凭想象行事。或许很适合你，还是……

朝子 还是像猴子吗？

清原 一只漂亮的猴子。

朝子 好滑稽，扮成伯爵夫人的猴子！那好吧，今晚，我就照您的说法，变成一只猴子。

清原 朝子。

朝子 凭您的想象，这对我来说，该是下了多大的决心，付出多大的牺牲！女人获得的决定性名誉，也是自己创造出来的评价，即使死也不想被破坏。但今天晚上，我要当着您的面将它毁弃！

清原　你忍耐不下去了。你想投入政治的漩涡……

朝子　不，这和政治无关。我说的是爱情。难道不对吗？
　　　　请您不要做出政治的回答，而应该做出爱情的回答。

清原　你的意思是？

朝子　就像那天真无邪的贫家出身的情侣，唯有心灵的相
　　　　互馈赠一样，我将送您一件礼物。尽管这件礼物或许
　　　　对您一无用处，但却是一份心灵的馈赠。

清原　那是什么呢？

朝子　我要出席今天的晚会。如果您还爱我，您就该做出
　　　　回答。

清原　我所得到的，将是一份令我苦恼的赠礼。

朝子　我知道。但我的这份赠礼，完全来自想救您性命的
　　　　一颗心。要是触及了您的内心，就请回答我。

清原　我知道我应该做出回答。取消今夜的计划，我不去
　　　　鹿鸣馆……啊，不过，仅有这些。

朝子　（跪下抱住清原的腿）请吧，拜托了。请赐予我爱
　　　　吧，哪怕一点点也好。

清原　啊，你在消解男人的作为，男人的义务。男人本不
　　　　能失败，然而，男人也可以失败……

朝子　除了男人外，便没有其他。在我们女人眼里，比起

任何名誉，唯有符合男人的名誉最重要。

清原 （抚摸朝子的头发）你的头发……这乌黑的头发，在这未能见面的二十年间，受到每个暗夜的濡染，越来越黑，越来越长，越来越光亮耀眼！

朝子 这头发的夜晚很漫长，黎明不知何时到来。一旦头发变白，我也不再是女人的时候，曙光将把这头白发濡染。既无烦恼，亦无忧虑，更无须畏惧。到了那一天，曙光将重新开始。

清原 知道吗？放弃义务并非是可悲的事。相反，在这似乎值得高兴的时刻，男人会受到怎样恐怖的袭击！

朝子 （走近清原，紧挨着坐下）您已经放弃了义务，对吗？

清原 你很聪明……好吧，我保证。

朝子 我也保证。我将出席今天的晚会，凭借一副雪耻的姿态。而且，要把今晚的鹿鸣馆，变成我的晚会。

清原 我也保证。今晚的计划取消了。我的马车不去鹿鸣馆。

朝子 啊，叫我如何感谢您为好？

清原 一半对一半。你必须变成一只猴子啊。

朝子 您好帅，真的好帅。您是当今女人们眼中光明闪耀的星辰。（狂喜而立，从庭院边采摘一朵硕大的黄菊花）我为您献上一枚勋章。女人的勋章，不是那种金银宝石冰冷而死寂的勋章。（将菊花插在清原胸前纽扣孔里）这是鲜活的勋章，是穿过每天的晨霜，越发光明闪耀的勋章。

清原　但这枚勋章总要枯萎的。

朝子　今日可保无虞。

　　[这时，一直躲在下首的草乃，一手拿着望远镜，急匆匆上。

草乃　夫人，夫人！

朝子　什么事？（站起）

草乃　老爷回来了，还带着一位客人，渐渐向这边走来。

朝子　（将手帕递给草乃）来，瞒着老爷，用这个给后门发信号。（拥着清原）快，请赶快从后门走吧。（刚走向下首，又返回上首）还是从这里绕到茶室后面为好。

　　[陪客人从上首转向茶室背后走去。不久，草乃和朝子从那里出现，由上首来到舞台一端，躲进上首舞台一侧的灌木林树荫里。观众看得很清楚。

影山伯爵的声音　（自下首）那座潺湲亭很好，要谈话就到那儿去。

飞田天骨的声音　（自下首）好的，先生。

　　[二人出现，向茶室走去。

影山　好吧，请自便。

飞田　对不起，先生。

影山　刚才那件事……我说，飞田，按我的理解，暗杀这玩意儿，一般是指有牢骚的人杀害政府执政党要人或统治阶级要人。所幸社会上也是这么看的。论起刺客，请限定于那些自由党的残余。不瞒你说，我每天都收到大量信件，有的是索要我的命的斩奸状，有的是担心我的安否、为我祈祷而充满感伤的慰问信。两种信件的数量几乎相等。我徘徊于去就，不知是死了好还是活着好。不过，可以看出，世间大多数人都认为我有生命危险。

飞田　是的，先生。

影山　因此我认为，企图暗杀早已不符合世间的意愿，万一，我是说万一，即使知道了，也只能实行正当防卫。不是吗？

飞田　说的是，先生。

影山　当时的政府，虽然受到批评和攻击，但按照惯例，批评的声浪越高，就越趋于一致。只是为了非难而非难，其根据只会变得更加薄弱。清原永之辅如果被暗杀，世间就会立即向我发难。尽管没有任何人会怀疑我是凶手，但还是要攻击我。但是，这种攻击其实是对我的帮忙。攻击越猛烈，就越能证明我的清白无辜。

飞田　说的是，先生。

影山　为什么这样说呢，因为我对清原的死站在悲痛和叹息的立场上，从此失去了一个好对手，不是吗？憎恶和杀戮，只属于不平分子，政府中不会有那种人。反对派代表人性，政府代表伪善……这一点，你是知道的。我要杀清原，并非出于憎恶和敌意，只是因为他夜以继日的狂吠声过于高昂。难道你不想除掉一只猎猎聒耳的狗吗？

飞田　我一直都是这么干的。我的住居附近，没有活着的狗，青年们依然爱吃狗肉，所以不缺少火锅材料。

　　〔树荫下，两个女人惊悚不安。

朝子　哦，暗杀的命令原来是老爷下达的。草乃，快扶住我的身子。威胁着往昔的好人和我儿子两人性命的，竟然是我的丈夫！像我这样具有同样想法的女人，这个世界哪里还会有？

草乃　我明白，夫人，我明白。

飞田　请不要嫌我啰唆，先生。您为何不把这件差事交给我飞田天骨办理呢？恕我冒犯，自维新之前开始，经我杀死的人数比谁杀的都多。一经瞄准目标，从未因闪失而放掉一个。别说是刀枪剑戟，就连土炮火铳也没有。我和您一样，这么说未免有僭越之嫌，不曾因个人的冤仇怨恨而杀人，都是为执行命令。正因如此，一旦受托，我会怀着受托人送货般的心情，轻松愉快地将那些人一个个杀死，而毫不怜惜。我依然喜欢看到鲜血。那种比红叶和鲜花更加绮丽的东西，平时包裹于皮肤之下，那是多么可惜啊！令我心情最爽快的，是那晴朗的秋空和血的颜色。您为何不托付于我呢？这种事也有利于我的健康。

影山 我再说说这件事。要是在别的场合，我会毫不犹豫地叫你去办。不过，这次并非希望有暗杀者在场，使用那种手段，容易暴露自己，成为政治性的暗杀事件。至于儿子杀亲爹，那是自家的事，论说起来，不过是家庭案件。你说对吗？

飞田 您说得对，先生。

影山 久雄那个年轻人，一个月前我见过。他有半年时光，在你家里混日子。那是个很有前途的青年。他一直活在仇恨之中。

飞田 他是清原的儿子。我不想再为他隐瞒什么了。

影山 他眼中充满杀机，这是非常难得的。比起他来，你眼中所浮现的，只是见了友禅和服而高兴的女人般的情怀，见了鲜血而欣喜的杀人犯的趣味。当然，这些东西也很宝贵。

飞田　对不起，先生。

朝子　直到今天都没有想到，丈夫竟然把那个可憎而残忍的家伙当作心腹，为己所用。现在，我总算明白了，这座空旷冷寂的奇妙宅邸，长期以来本是血和罪业的巢穴。草乃，我已经无法忍耐了。你出去告诉老爷，该说的都给他说。

草乃　请再等一下，夫人。不能太着急了。该听的应该全都听清楚。这可是夫人想都想不到的机会，可要抓住它啊！

朝子　你说得对，草乃。再稍稍抑制住烦乱的心胸，再听听这玷污双耳的企图，啊，我仿佛沉沦于噩梦之中，手脚全给捆绑在一起了。

飞田　不过，先生，我感到疑惑的，是他们父子之间的关系。他不管如何憎恨父亲，但这憎恨总有个尽头吧。一旦父亲的面颜出现在眼前，会不会产生动摇式的恐惧？对不起，先生没有孩子，或许不会明白。孩子总是可爱的，说句实在话，哪怕一头闯进眼中，都不会觉得疼痛。

影山　看来，你一定也喜欢孩子的血色。

飞田　哦，先生，您在开那种残酷的玩笑。孩子如果在地面上爬，我就想一口吃掉他！

影山　你家里青年们的拿手好戏，不就是那种火锅菜吗？

飞田　啊，啊，这种玩笑已经令人作呕了。不懂事的孩子见了亲爹，那副笑嘻嘻的面孔和澄澈的眼睛，即便将来我和他成为仇敌，也不会将钢刀指向亲爹。

影山　看来你很了解孩子的心情。

飞田　这一点，我早已看透。

影山　所以，我不能将这件事交你办理。当你不了解要杀的人的心理时，你会安心地将他杀死。我对此并不感到满足。即使是按我的命令杀死清原，我也希望其间能有一种别样感情的曲折。久雄的烦恼，久雄的犹豫，这些东西一旦十分充分，在这基础上，就算他不杀死他父亲，我也会感到满足了。我喜欢他人有苦恼，未必喜欢鲜血。我希望杀人的人和被杀者之间感情的交流，多多少少能迸发出一些火花。我想给予清原的，不是被暗杀的名誉，而是被亲生儿子杀死的无可挽回的耻辱。

飞田　说的是，先生。

影山　还有，你那个比喻并不确切。你的孩子就是你们夫妇的孩子。久雄虽然是清原的孩子，但不知他母亲是哪里的马骨，所以这个秘密一直纠缠着他的青年时代。

朝子　老爷哪里会知道，他就是我的孩子。

草乃　夫人，您可要守住这个秘密啊。这种事儿，一旦老爷知道了，想想都可怕……

朝子　你现在会怎么想？

草乃　不过，夫人。我想心地冷酷的老爷，至少对夫人您，是打心底里喜爱的。

影山　因此我要说，大凡骨肉之情这种东西，一旦走了弯路，就会变成可怕的憎恶。互不交流、缺乏理解的亲子关系、兄弟之情，比起他人还要遥远。我很理解久雄对他父亲的憎恶。确实，我很理解。所谓政治，就是理解他人憎恶的能力。通过推动这世界上千百万只憎恶的齿轮，以此来推动整个世界。因为比起爱情，憎恶更加强有力地推动人间……哦，对啦，请看那株菊花，枝条弯弯，缀满鹅黄的花瓣，乘微风而摇动。那就是园丁的丹魂和爱情造就出来的，不是吗？你要是这么想，你就不能成为一名政治家。政治家看这株菊花，他是这么理解的。这菊花是因园丁的憎恶而盛开的恶之花，是园丁对少得可怜的工钱的不满，以及对我这个主子的憎恶。这种连本人也未觉察到的憎恶，凝结为一丝情念，一旦移于清雅的菊花枝头，就能开出美丽的花朵。所谓开花，就是散发复仇之香。画师也好，文士也好，凡属艺术，尽皆如此。极其力弱的憎恶，亦可孕育大朵的菊花。

飞田 说得好，先生。

影山 你读过末广铁肠[1]的《雪中梅》这部傻子小说吗？好啦好啦，眼下不是谈论小说的时候。今晚的安排都已经万无一失了吧？

飞田 我也跟久雄讲清楚了，没有任何遗漏。晚上十点半，王妃殿下将出席鹿鸣馆的晚会。清原一伙儿，他们也不想连累王室，这帮家伙可能在十点之前闯进来。那一时刻，应该是清原乘着马车，在鹿鸣馆的护城河外坐镇指挥，守望着事件的动态。因为勇士们已经闯进馆内，马车周围的防护就变得薄弱，此时，久雄会从暗处袭击清原。

　　[这位飞田说话之间，上首的树荫下，草乃和朝子发生争执。朝子要走出去，草乃加以阻止。最后，朝子走出树荫，渡过涓涓细流上的小桥，堂堂出现

1　末广铁肠（1849—1896），日本政治家、记者、小说家。参加自由民权运动，写作政治小说《雪中梅》和《花间莺》等。前者描写青年政治家国野基的苦斗和成功的过程，早年有梁启超译本。

于丈夫的面前。于是，飞田的话同时结束。

朝子　老爷，那个消息是错误的。今夜，绝不会有勇士闯入。

飞田　啊，是夫人。

影山　（巧妙掩饰内心的惊讶，冷静地回礼）哎呀哎呀，没想到，稀客光临了。

朝子　是的，我可没有偷听啊。

影山　天下事无奇不有。你也对政治发生兴趣了？那好，今后我来做你的政治引路人。

朝子　不过，我刚才听到的政治，一概都是些见不得人的事。我第一次听到那……

影山　说的是，说的是。你总是第一个看到政治的下水道。接下去就该是各个厨房、茶屋和客厅了……看来，眼下你满怀确信，想告诉我一些好消息吧？

朝子　对于老爷，我说不准这是不是好消息。

影山　别着急，慢慢说。

朝子　我说过了，今天的晚会，勇士们的闯入计划取消了。

影山　嗯，虽说不知是哪儿来的情报，但看来是有根有据的。

朝子　原因我不好说。不过，我向天地神明发誓，今晚上勇士们不会闯进来。

影山 向天地神明发誓，这不像是你说的话。你可以向自己发誓，可以向你那一头乌亮的黑发发誓。

朝子 这回，我要听到既高尚又美丽的政治语言了。

影山 飞田，你可以下去了。（飞田慢腾腾施了礼，自下首下。同时，草乃也退回一间茶室）好吧，我来听你大谈政治吧。然后，再问你一些这一好消息确实的根据。（一边说一边微笑）

朝子 好奇怪，老爷像平时一样笑得很亲切，说话就像在讲笑话。（性感地）今天，您就是这世界上面对您真正的夫人，畅抒您可怕内心的那个人。

影山 你早就知道，我绝不是那种为物所动的男人。

朝子 是的，不过我希望您能像捉迷藏的小孩子，带着一副找到恶鬼的那种表情。

影山 神态自若，是男人的骄傲，但似乎不为女人所喜欢。

朝子 平素不怎么惊慌失措的男人，我喜欢看到他惊慌失措的样子……

影山 然而，我很清楚。不管你握有怎样的秘密，只能装在你们女人的化妆盒里，绝不会拿到公众席上去。借这个机会，我可以将政治秘密全部向你和盘托出。

朝子 对于您的信任，深感惶惑。

影山 所以，你的当场倾听，也应该看作是出于真正的天真无邪的愿望。

朝子 我早已不是天真无邪的岁数了。不过，您也可以这么想。

影山 你好像生气了。我和飞田不知哪句话惹你动怒了。

朝子 （为避免丈夫挑剔，尽量爽朗地）杀人之类的事情，虽然使女人害怕，但不会使女人发怒。女人之所以发怒，一是爱情遭到背叛，一是出于嫉妒，除此之外，再没有别的原因。

影山 你是说，丈夫即使是杀人犯，这类事也不该发怒。

朝子 是的。

影山 啊，你是个心胸开阔的人，一个有着理解和宽容的人。或许你不是一个心地温和的人，但凡老好人之类，大都也不符合我的性格……好，这就进入正题吧。你说今晚上勇士们的闯入计划取消了，是从哪里听来的传言？

朝子 不是传言，是事实。

影山 尚未发生的事，一般不叫事实。

朝子 那么，您是说今晚勇士闯入也只是一种传言吗？

影山 这回算你胜了……嗯。好，说说看。把你的想法全都说出来听听。

朝子　两种传言比较一下看，传播两种传言的两个人比较一下看，究竟哪个是事实，还不明白吗？一个是飞田，一个是我。

影山　不是不相信你，但飞田是这方面的专家，而你可以说是这方面的外行。

朝子　专家阳奉阴违，虚情假意；而外行——你的妻子，向天地神明起誓，你究竟愿意相信哪一方呢？

影山　（沉默苦思）嗯……好吧，我相信你。这是作为丈夫的义务……嗯，嗯，尽管如此，我还是希望你能全部抛弃长期以来那些担忧思虑，开始接受我的政治性的劝导。从今以后，成为我政治上的助手。

朝子　说起助手，您已经够多的了。

影山　都有谁呢？

朝子　鹿鸣馆里那些聚集而来的美丽的贵妇人啊。

影山　今天真是难得的收获众多的一天，你一定对我很妒忌吧？

朝子　嗯，我非常妒忌。我要是企图让您陷入惊慌失措之中，您会怎么办？

影山　你总不至于暗杀我吧？

朝子　不，是件大好事，非常好的事。真的要麻烦您呢。

影山　说说看，说说看。

朝子　今晚，我去参加鹿鸣馆的晚会。

影山　哎？

朝子　（站起身，一边跳着）穿上您为我定做的开胸衫，踏着您教给我的舞步，今晚上我要让众人大吃一惊。就这样，老爷，就这样，美美地跳上一曲华尔兹或波尔卡，定让那些趾高气扬的贵妇人刮目相看！今夜的鹿鸣馆不是晚会会场，而是过去我出道时的新桥的筵席。跳起来吧，我也要跳起来。看，多么轻巧。再加上老爷的帮衬，比起那些贵妇人来，我的舞姿更加炉火纯青。

影山　哎，哎，我说，不要忘了，你今天也是个典型的贵妇人啊！

朝子　别的贵妇人，个个精神抖擞，为日本，为政治，都到鹿鸣馆来了。而我，只是想显示我的色香。这个机会终于来了。长年累月的弄巧作态，都是为了今天晚上。

影山　好了，好了，还是你比我更像一个认真的阴谋家。那么，勇士们的闯入……

朝子　我去出席晚会。勇士们不会闯进来。

影山　你是说，这就是根据？

朝子　非常美好的根据。

影山　（苦笑）你还是说点儿道理为好。

朝子　女人不需要什么道理。不是吗？（明确地，宣言般地）今夜我出席晚会。而且，没有勇士闯入。如果万一有变，我不会再活着来见您。（两人互相睨视，沉默良久）

影山　是吗……那么，你想让我为你做点儿什么呢？

朝子　希望您立即解除久雄那位青年的可怕的任务，让他待在我身边。

影山　假若真的像你所说，没有勇士们的闯入，那今夜的久雄也就无事可做。不过，你为何对那位青年……

朝子　大德寺侯爵夫人托我这么办的。那位青年君是大德寺家小姐的好友。

影山　（默想之后）可以。我答应你。好吧，就依你所说，以今晚勇士们不闯入会场为条件，我将把那个人寄托在你那里。

朝子　那就谢谢您了。这就万事周全了……啊，托您的福，今日的天长节是晴和的小阳春天气，静静飘着菊花的香气。一切都顺利地结束了。

影山　是的……一切平安。

朝子　我厌恶硝烟的气味。

影山 那只是练兵场上放礼炮的烟气。

朝子 到了晚上，就是火花的烟雾了……为了今日这一天，运来的全部火药都只会当作庆祝的标志，响彻四方！

影山 （依然思虑着什么）说得好，今天是个可庆的日子。

朝子 但愿今日一天的艳红，只限于国旗的日轮以及宴会上葡萄酒的颜色。

影山 （转过脸）我也厌恶血的颜色。

朝子 这明丽而和煦的阳光，可不能骗人啊！

影山 放心吧，应该看作是十分特别的日子。在这般明媚而温馨的日子里，任何事都不会发生。

　　〔此时，一个女佣自下首跑上。

女佣 夫人，大德寺夫人来了。

朝子 是吗，请她等一等，我这就来。

影山 你可以走了，我也马上过去。

朝子 对不起，那我先走了。

　　〔女佣领路，自下首下。右首对话之中，草乃出现于茶室，立即紧追向下首走去的朝子。但朝子没有觉察，依旧离去。影山站在中央，堵在草乃前边，草乃向右他向右，向左他向左，挡住她的进路。草乃不断行礼想走过去，未果。

影山 你对夫人很忠实……实在很忠实……夫人经常表扬
你……你太忠实于她了。

　［突然将草乃抱住，激吻惊魂不定的草乃。

草乃 啊，老爷您……啊，老爷您……

—— 幕落 ——

第三幕

[同一天午后四时，日落前。

[鹿鸣馆的二楼。下首可以窥见自一楼升上来的大阶梯左右的栏杆。正面有通向露台的出口。从那座露台可以下行走向前院。自那里靠近上首的墙壁前，餐桌上摆着专供立食的酒菜。上首高处的入口，揭起厚重的帷幕，可以看到大舞厅。另外，自上首沿后楼梯似乎可以走向楼下。随处摆放着椅子。

[幕启。正面露台的门扉敞开着。身穿开胸衫的显子和身着舞会服装的久雄，双方倚靠在露台上。

[晚霞满天。

显子 太阳就要落山了。

久雄 多么美丽的晚霞啊！仿佛日比谷的森林起火了。

显子 为何没有一个人在霞光里跳舞呢？夜幕完全降临之后，人工的光亮，人工的音乐，人工的地板上……

久雄 想必因为这晚霞是过于广大、过于轰鸣的音乐。肯定是。在这样的音乐中，双腿尚未起舞就一个劲儿抖动，气喘吁吁，笑也笑不起来。

显子　您现在愁眉苦脸，是以此提醒我，不让我担心。您为何还有悲痛？我已经完全放心了，很想在这晚霞中翩翩起舞，高高兴兴地呼吸着。您的洋装非常合体，真的，非常合体。这也多亏影山阿姨的关照啊！

久雄　那位夫人叫我换上这身服装，命令我和你一同出席今天的晚会，还嘱咐我不准离开她身边一步。如果一眼没有看到，就担心我会惹出什么祸来。

显子　听您话音，似乎很不服气。您要记住，阿姨可是我们的救命恩人啊！等天亮后，我和您就远走高飞。您的承诺也是借助阿姨的力量，不再考虑今晚上任务的缘故，不是吗？对不起，凡是对我好的事情，我都高兴。我这么说，可不要坏了您的心情。我想，我的喜悦，我的幸福，都会照样成为您的喜悦，您的幸福……您做得对，谢谢您取消了今晚的计划。不，我不是说这都是因为我。这是由于阿姨巧妙地、满怀真诚地热心劝说的结果。她简直就像您的母亲一样。

久雄　（一惊）我的母亲？那是不可能的事。我说什么好呢？我很钦佩她的那种毫无掩饰的人格。

显子　可不是吗，谁都比不过她，人人对她心悦诚服……

久雄　是的。甚至，她的自私都可以被包容，一切都很愉快。

显子　又说您的恩人的坏话了，真拿您没办法。

久雄　我不能像她说得那般老老实实，我可以稍稍说她点儿坏话。我的所谓"坏话"实际是赞美。她是按照自己所好而活着的。而且，谁也不能对她这一点说三道四。即使她要做一只小鸟，突然展开美丽的羽毛，从窗口飞到桌子上来，停在汤盘的边缘上唱歌，大家也都会为她的歌声所陶醉，没有人会谴责她任意妄为。

显子　是的，她是这么一个人。

久雄　比方说，那只小鸟……例如，要生蛋。鸟诞生在别的鸟的小巢里，孵化出的雏鸟将被欺侮而长大。纵然如此，她也是没有责任的。为什么呢，因为雏鸟也把她爱唱的那首《森林太狭窄》，看作是心灵的慰藉。就这样，为了使这首歌不带有悲凉的音调，自己不知不觉也希望这首歌成为一支永不衰老的明朗的恋歌。

显子　听您这么一说，连我都嫉妒起阿姨来了。

久雄　谈不上嫉妒……你还不太了解她呀。

显子　哎呀，今天虽然是第一次同她见面，但我是不会说阿姨的坏话的。您总算借助阿姨的力量，离开那个可怕的世界，回到我们女人家温馨的爱的世界了。（摆弄着男方上衣的纽扣）我呀，已经用看不见的丝线，将这些纽扣一个一个全都缝合到自己的衣服上了。您权且把我当作是第一次看到的基亚里尼马戏团星空下宽大的天幕，那天幕的顶篷，已经被看不见的丝线缝合在星空上，因此，那天幕不会倒塌在地面之上。您胸前的这些纽扣就是星星，我就是缝合在那里可以迎风的天幕啊！你一旦离我而去，天幕就会崩落地面……而死去。

久雄　哎，假设……假设那星空布满阴云，怎么办呢？

显子　不管天空如何阴霾，不管出现什么意外，我一定要找到星星。

　　　〔久雄、显子紧紧拥抱，长久接吻。

　　　〔此时，下首楼梯传来大德寺季子上楼的声音。

季子　（但闻其声）好漂亮啊！真好看，非常合身。哎，就站在那儿吧。（登完楼梯，显现出开胸衫的姿影，向楼梯下方张望）好，就站在那儿，扶住楼梯中间的栏杆，仰起头来看着这里。简直像一幅画。朝子夫人，真的就像一幅油画啊！

朝子　（沿楼梯登上，显露出开胸衫的姿影）这副打扮爬楼梯也很不方便！不，不是迈不开步子，而是穿惯了衣裙窄小的和服的缘故。凭这副样子登上楼来，感觉就像光着身子一般。

季子　您说得真绝。我喜欢这样的您。真的喜欢。不过，您也挺厉害啊！过去您说过，不喜欢洋装和交际舞。您欺骗了我们。这不是很合身吗？幸好，今天的晚会，唯有您亮丽眩目，我们这些人都一派模糊。即便穿惯了开胸衫，其身影也将被众人所销蚀，无法想象能像您一样，让所有的宾客欣喜若狂。

朝子 显子小姐，您母亲伶牙俐齿，一番言语说得我无地自容，快来帮我一下。

季子 啊呀，你们早就来啦？

显子 我们约好的，提前四个小时过来帮忙呢。

久雄 如有需要，我也可以做个帮手。

朝子 谢谢了。因为是头一回，什么也不懂，一切都想学学。（拍手）请吧，开始整理会场吧。

〔女管家自上首上，施礼，给女佣们分派任务，着手布置菊花盆景等。木工也上场，装饰柱头，悬挂万国旗，在上首的墙壁悬绘有白色菊花纹章的紫色帷幔等。以下会话进行之中，双梯及踏台等，亦安置妥帖。

季子 你们都向阿姨表示真诚的感谢了没有？托这位阿姨的福，一切都获得了圆满的成功。你们所希望得到的幸福就要来临了！

朝子 不要说未来的事情。在一切佳肴尚未吃到口中之前，切莫谈论筵席的味道。你们两位年轻人的幸福，还有季子夫人的幸福，乃至我的幸福，都建立在信赖他人的基础之上。

季子　有没有为您所信任，而未能做出相应回报的人呢？

朝子　我没有那样的奢望。但是，比起人们，我确实更加信赖时间。这一点，超过不论多么相互信赖的人们……您说是吗，季子夫人？人们建立起相互间的深切信赖，是需要花费很长的时间的。

久雄　也有长久被忘却的时间啊。

朝子　我指的是未来的时间。年轻人不应该老是考虑过去。（走向挂帷幕者）哎，那帷幕再向右边靠一靠。好，要把纹章全都显露出来。

显子　啊，真希望今天的晚会早点儿顺利地结束。

季子　没事，显子，不必担心。我们之所以感到心中不安，或许只不过是晚会开始前兴奋的心情所致。平时晚会之前，我的心总是像小姑娘一样激动不已。况且，今晚上又是朝子夫人第一次出席的特别的晚会。即便是我，也不甘示弱。还有，鹿鸣馆这座楼房，本是为着一项高雅的任务而建筑，但不知为何，却变成了缺乏稳重的色感不良的建筑物。

朝子　（叫住搬运菊花盆景的工人）等等，对啦，上楼的楼梯口旁边，我希望再放一盆菊花。就到楼下去搬吧……然后，侍务长！（拍手，招呼侍务长）请吩咐他们点灯吧。

　　〔侍者们分头点燃煤气灯。天花板中央的玻璃吊灯也点上灯火。

久雄　这永远无尽的灯火，全都是无趣的东西。

季子　你说的都是老人的话。

久雄　不过，那煤气灯一瞬一瞬地燃烧着，只是连接起来看，仿佛永远都燃烧不尽呢。

　　〔两组外国乐队手拉手沿着阶梯登上楼来。一组德国人，一组法国人。各自率领本国乐队的队长，恭恭敬敬亲吻朝子的手，接着亲吻季子和显子的手。

朝子　（叫住侍务长）你来得正好。你去为大厅的宾客们斟酒，教他们一些简单易学的舞蹈动作。还有，（转向久雄和显子）有件事需要你们两个帮帮忙，那就是请同他们一起选定今晚上的舞曲。华尔兹、波尔卡、玛祖卡 [1]……

　　〔两位年轻人同侍务长一道陪着乐队前往上首的

1　原为波兰一种民间舞蹈（Mazurek），其形式现在仍保留在许多芭蕾舞舞剧中，其音乐经过肖邦等人的发展后，已成为古典音乐中一种经典舞曲。

大厅。

朝子 我对大门口的装饰一直放心不下。(对着季子)和我一块儿去看看吧?一坪半的大扇面堆满了绿色的杉树叶,那扇形就是一束白菊花。看到那突现着"welcome"[1]文字的装饰了吗?

季子 不,还没有。

朝子 请你务必看一看,听听你的高见。(继续下楼梯)……不说这些了,草乃怎么了?这会儿她该来了呀。(二人退下)

  [影山伯爵从上首后门楼梯上来,同朝子交替上场,草乃紧随其后。忙于布置的众人,一齐向他行注目礼。

影山 真叫人吃惊,朝子不声不响,一切都有板有眼。仿佛经过一番彩排,早就有了准备似的。女人真会骗人。过去一味讲究日本趣味的朝子,同现在的朝子,究竟哪个是真的?我简直不敢相信自己的眼睛。

草乃 再没有比夫人更会巧妙圆滑地骗人的人了。(拉过一把椅子,给影山坐下)

影山 (向后伸手,握住草乃的手)草乃……

---

1 英语:欢迎。

草乃 （慌忙缩回手）老爷，大家都看着呢。

影山 "大家"指的是谁？在场的都是我的心腹。连那些小工匠，都是守口如瓶的人。喏，山本。（侍务长行礼）川田。（一位侍者行礼）小西。（另一位侍者行礼）松井。（一位工匠行礼。逐一叫出舞台上人物的姓名，叫到的人一一行礼。接着又投入工作。此时，自上首舞厅传来练习曲的音乐，时断时续）……正好。承蒙那彩排场断断续续的音乐，你的话不再会被人听到。

草乃 老爷，刚才的约定，可以相信是真的吗？

影山 你该知道"鬼神无邪道"这句话。我想让你看到我全心的诚意。我已经说过了，我要为你找一处适合你的房子，养育你的亲兄弟，使你一生过上安乐的日子。此外，还有没有别的要求？要是有，请快说。

草乃 陶醉于背叛后的安乐之中，就这样度过一生，世上的人对这一点很怀疑，但我不怀疑。因为，我一直守在夫人身边，对她那随遇而安的生活一清二楚。

影山 你是说清原吗？我从前听你说过，看来是真有其事啊。

草乃 老爷一直隐藏着嫉妒。

影山 隐藏感情是我人生的信条。

草乃 （此刻，一位工匠粗暴地挥动锤子，发出很大的声响。草乃捂着耳朵）啊呀，那种响声，那种响声！钉钉子的响声！不论花费多大的气力，我的背叛，都抵不过夫人那种泰然自若的背叛。实际上，我生来本是个老老实实的用人，在适合于背叛行为的天性之中，或许具有比忠义更加高贵的血性。

影山 正如你所知道的，朝子她是艺妓出身。不要过多考虑那些恼人的烦琐的事情了……托你的福，我大致掌握了事情的经过，只是还有一个地方不甚了解，就是朝子她为何那样袒护久雄。我知道她为何袒护清原，但又为何那样对待久雄呢？或许只因为他是大德寺姑娘的恋人？单凭那一点而深爱久雄，也并不奇怪。对吗？

草乃 啊，这个嘛……这是夫人的意思。

影山 朝子有意于那位年轻的男人，虽然他还是个真正的孩子，但生就一副好看的面孔。尽管缺乏男人关键性的力量，但却能赢得希望有人接受自己庇护的年长女人的芳心。那种年龄段的男性之美，同样可以翻译成女性之美。我曾见过酷似那个男子的颇有人气的艺妓，她的长相同那个男人十分相似……（突然警觉起来，改用一副可怕的高压的口吻）喂，草乃，有些事你还瞒着我吧?

草乃 （迫于影山的目光，身子缩成一团）是的，那个青年是夫人的孩子。

影山 父亲呢?

草乃 您应该知道的。

影山 是清原?

草乃 ……嗯。

影山 （抑制住愤怒）哼……那家伙企图利用我这个做丈夫的，将自己的过去全部拯救过来。

　　〔此时，下首楼梯中途有人说话。

朝子 （只有声音）已经响起音乐的旋律了，不去听听练习曲吗?

季子 （只有声音）我到楼下休息一下再来，您先去吧。

草乃 哦，夫人来了，我不能待在这儿，回头再来。（急忙从上首下）

朝子 （上场）草乃不在这里?

影山 哎，我没见到她。

朝子 （向侍务长）没见到草乃吗?（侍务长恭恭敬敬摇摇头。朝子对众人）你们也没有见到她吗?（众摇头）怎么办呢? 她不在，一切都不方便。

影山 那种只管家里活儿的女人，这种场合派不上什么用场。

朝子 啊，老爷，您已经喝酒了？

影山 还没有呢。

朝子 平素，您的脸色没有光彩，而今天却满面红光，双目炯炯有神。

影山 这是因为，我有生第一次打算在感情的驱动下而行动。

朝子 呀，好可怕。这种偶尔的例外，使您感到很开心吗？

影山 是的。看到珍贵的自己，对身体也有好处。映入我眼中的自身，年年都和镶嵌在镜框里的肖像一样，没有任何动摇。

朝子 那肖像会脱离镜框，出外去散步吗？

影山 是的，最使人惊讶的是，比谁都走得快的，就是我自己。

朝子 今天一动不动的肖像，也会偶尔有动摇的一天。请看看我吧，看看这裙子下面滑稽的鲸骨箍，简直就像双腿穿过大吊钟一般。要是穿和服，轻软的绢丝总是缠绕在脚上，而眼下，脚的周围只有恼人的凉风吹过。

影山 （冷淡地）但却很适合，非常适合。而且，即便你毫不换装，即便你平生第一次出席晚会，你也没有任何变化，任何动摇。你，依旧是往昔的你。

朝子 （开始不安起来）这么说，对于发生变动的您，我将一筹莫展。您不是说过，不做今天晚会的主人吗？

影山 胡说些什么呀？我没有说过这样的话。你是女主人公，用不着亲自动手。而且，我是你可怜的丈夫，只要遵照你的吩咐立即行动就可以了。

朝子 啊，老爷，我是第一次听您这么说话。假如我有什么过错，或不恰当的地方，现在就请说出来吧。一旦客人来了之后再说，那我得多难为情啊！

影山 你这个八面玲珑的人，也会有过错？也会有不恰当？

朝子 （困窘，娇媚地）老爷，真坏。您这么取笑我，只能使本来就羞愧难当的我，更加缩手缩脚，您诚心欺负我。好吧，尽管我不情愿，但我还是要堂堂而出。

影山 好奇怪呀。这么一看……

朝子 哎？

影山 看起来，你一点儿也不感到内疚啊。

朝子 我作了精心的化妆。

影山 这个世界没有胜过人的信赖的妖怪。

朝子 您终于回到平常时候的老爷了。

影山 来，我们也学他们，挽起手臂吧。

　　〔说着伸出胳膊。朝子将手搭在丈夫的手腕上。此
　　时，摄影师自上首上楼来。

摄影师 哈，多好的一对儿，赶快照张纪念照吧。好，先
不要动，就保持那样的姿势。对不起，要麻烦大家伙
儿啦。

朝子 大家开始布置舞厅吧，这儿已经好了。

　　〔众人全部去舞厅。开始摄影。此刻，季子自下首
　　上来观看。

摄影师 对不起，明后天准时送到府上来。

季子 好漂亮啊。这样成双成对的真是太好啦！

影山 啊，欢迎。（向季子点头致意。前往上首，对摄影
师说着什么，有意不让朝子她们听见）叫飞田来，告
诉他不要让这些女人看到，进来时要小心。（摄影师
退场）

朝子 （影山走向上首时，她也同时走向下首，对季子说
着什么。她们的交谈，和右首影山的话语相重叠，可
以说是同时）请你一直待在我身边。不知怎的，我今
天不想理睬我的丈夫。

季子 好吧，那我们一同去舞厅吧。（两人对影山招呼一
下，随即走向舞厅。飞田趁此机会自上首上）

飞田 （环顾四周）可以吗？先生。

影山 唔，她刚刚离开。好吧，有件事要托你去办。

飞田 什么事？先生。

影山 你以前得到的情报是，今晚有勇士们闯进这里，并且由清原指挥。

飞田 没有比这一情报更准确无误的了。

影山 这我知道。不错，情报很准确。准确归准确，但事态改变了。今晚上勇士的闯入计划取消了。因此，清原也不来了。

飞田 不可能，先生。

影山 我说的，没错。事态变啦。你知道我经常说的政治的要谛是什么吗？

飞田 啊？

影山 政治的要谛就是这个。懂吗？政治是没有真理可言的。政治知道没有真理，因而政治必须造就真理的仿制品。

飞田 ……唔。

影山 今晚，你传达的事态不会发生了。那种事态已经不存在了。然而，某种事态一旦消失，就必须亲手再造一个同样的事态来。这就是所谓政治，政治的要谛。知道了吗？

飞田 知道了，先生。

影山 今晚上一定要有勇士们的闯入。在这里，白色的布巾在他们脖子上飘扬，玻璃吊灯的灯光，映照着白色刀刃的锋芒。清原在围墙外停驻着他的马车，那马车于初冬的星空之下，阴谋似的蹲踞在那里。我要创造历史。当下的政府就要创造历史。这一点谁也无法改变……要是这样，飞田，你怎么看？

飞田 今晚上要有勇士们的闯入，要是清原来就更好了。

影山 说得对。

飞田 要叫清原来，先生另有考虑，是吗？

影山 （微笑）是的。

飞田 我只要把勇士们叫来就行了，是吗？

影山 说得对。

飞田 我懂了，先生。那种白色头巾和白色背带我马上去找。日本刀也尽快准备好。关键是人员，我宅子里的年轻人一大群，有的是人。那么，要多少人合适？

影山 二十人左右足够了。

飞田 时间就照上面所说的吧。

影山 可以。至于护卫警察，由我去给他们说，不用担心。警察们多少做出些抵抗，然后会放他们进来的——我们那些自由党的热血青年。

飞田　详细情况我都知道了。

影山　不过，还有，这鹿鸣馆大门内，禁止流血。血，只限于门外，只限于十一月的夜晚，在黑暗的围墙之外，悄悄流淌。

飞田　抱女人，流鲜血，以暗处为好。

影山　你可以走了。你一旦谈起血来，没完没了。好，去吧。尽量早些着手准备吧。

飞田　我知道了，先生。

　　　〔飞田正要从上首下，碰到从上首上场、站立不动的草乃。飞田下。

草乃　（伫立上首位置不动）老爷，那么，我的任务呢？女间谍的任务？

　　　〔之后两人的对话，不互相面对面。草乃一直面向客厅，影山一边踱来踱去，一边交谈。

影山　按我所指定的时间，到清原那里去一次。

草乃　清原那里？

影山　是的。你今早去传话，已经取得了清原的信任，这次去是为朝子传话。人力车也可以和早晨乘的同一辆。

草乃　去干什么呢？

影山　你听着，你一直是作为朝子的心腹用人而去的。飞田家青年们假扮的勇士，十点钟会闯入这里。你去告诉清原，就说是九点半要闯进来。正好使他十点抵达这座大门之外。你就这样告诉清原："你的勇士们违反你的取消令，硬是闯进来了，夫人很生气，请你马上去阻止他们。"

草乃 "你的勇士们违反你的取消令，硬是闯进来了，夫人很生气，请你马上去阻止他们。"

影山 没错。至于清原届时到达何处，我已经调查清楚了，不用担心。你只要赶快去报个信就行了。

草乃 我知道了。（这才朝着影山瞟一眼）老爷……

影山 什么事？

草乃 我还漂亮吗？

影山 嗯，你……说什么？漂亮，非常漂亮！

　　　〔影山一边说一边苦笑着走近，手搭在草乃的肩膀上。草乃用肩膀甩开影山的手，急忙消失于上首的暗处。影山站在那儿，思索着什么。

　　　〔与此同时，久雄和显子手挽手自上首舞厅走出来。

显子 还有时间呢，稍微散散步，好吗？

久雄 外面很凉，那么秀美的肩膀，会受风寒的呀。

显子 双肩热乎乎的，穿着护肩什么的很热。

久雄 （看看外面）天已经黑了，只有落掉叶子的树梢还泛着光亮。不久，树木就会迎来一年中最明丽的时候，而地面却被落叶掩埋，一片暗黑。

显子 那些树木为何及早落光了叶子呢？总不会急着想变成一棵枯木吧。

久雄 它们想尽快变成明朗的姿态，使心情舒畅起来。

显子 您的话像一桶凉水，浇在我好容易激起的兴奋的心田里。情侣间不该是这样的交谈。

久雄 你希望看到我虚假的高兴吗？

显子 不，我不希望。我喜欢您该是怎样的心情，就是怎样的心情。明天的旅行，途中在某个遥远的地方，肯定能看到您那真正的明朗的面孔。

久雄 明天的旅行……你的母亲一直这么说。早晨八点四十五分，新桥发车，坐火车去横滨，在横滨待上两三天。这期间，你母亲到处奔走，购买经由美国或者香港前往欧洲的轮船票，再把票送到我们手里。

显子 我们要是能生活在一个谁也不认识的国度，您家父亲能允许我们结婚就好了。

久雄 我也曾经一天到晚想去旅行。

显子 现在不想去旅行了吗？

久雄 这个嘛，我所希望的旅行，越来越美好，越来越富于幻想性。就是说，既不需要火车，也不需要轮船的旅行。我住在这个充满虚伪的国家里，有时候我心中浮现出大海对岸那平和有序的国度，树枝上总是结满闪亮的果子，阳光总是普照大地。每逢那时候，无论火车还是轮船，对我来说都太慢，太慢。当我心中浮现出那样的国度，一瞬之间，我就想身在其中；一瞬之间，我所幻想的果子的清香就要能变成现实的清香，我所梦想的日光一下子倾泻于头顶之上……否则，一切都来不及了。

显子 户外没有果香和阳光。有的只是凸露着灰白色鹅卵石的小花园。尚未放焰火啊。我哪里知道晚会前的黄昏如此寂悄无声……然而，您不会想到吧，当我们迎着轻寒的夕风，走上那鹅卵石小道，唯有那里，阳光灿烂地照耀；唯有那里，果香随处飞飘。怎么样？我们去散步吧。

　　［久雄正要推开露台的门扉，随即泛起犹豫。

久雄 ……哎。

影山 （出来叫住他）久雄君！

久雄 （回首，惊讶）啊？

影山 我有话跟你说，等一会儿再去散步。

显子 （无视）走，我们去散步。

影山 我有话！

显子 （对久雄）有话回头再说嘛。

影山 要不，小姐一人去散步好了。

显子 啊……

影山 久雄君对女人很殷勤啊，那一身工作服倒很贴身。看来，你做什么像什么。

久雄 （嗔怒）您的话就是这些吗？

影山 不，我只是多少有些遗憾。一个只知道围着女人屁股转的男人，哪里还称得上稍有出息的青年！

久雄 对不起，您的眼睛睡模糊了。

影山 找个地方好好照照镜子，瞧你那副耷拉着眼皮、有气无力的面相！那是多么可怕的青年的面容！仔细瞧瞧吧，我想，你对镜子中你自己的面孔也绝不会满意。

显子 这个人的面相我非常清楚。要是能像先生那双眼睛一样敏锐，那就只管委身于女人好了。假若看不到他凛冽的面容，我也不会和他交往下去。

久雄 显子小姐……

影山 你只看到从前的幻象，你是透过幻象而遥望着他。不错，直到今天早晨为止，久雄君曾经有过凛冽，甚至给人以高贵之感。憎恶，使得这个人精神抖擞。早晨的寒霜使他绷紧着身子。然而，那寒霜消融殆尽了。小姐，你的那位对象，早晨之前还是个男子，现在只不过是个女人。你在热恋一个女人。

久雄 （抑制愠怒）我是经过充分考虑才这样的，不管您怎么说，我都不在乎。

影山 这就是不在乎的面孔吗？但明显保留着满心的愤怒。你没有勇气和胆力，只有愤怒的残火。你要珍视这一点，总会有用得着的时候……你和这位小姐的硬性结合，总有一天会龟裂，等你知道女人到底为何物的时候。

显子 啊！（掩面而泣）

久雄 您侮辱我也没有关系，为何连显子小姐也不放过？

影山 你言重了。请你原谅，显子小姐。还有久雄君，我并不想侮辱你，懂吗？青年，是可怜的一个群体。他们在火一般的行动和灰一般的无力之间徘徊不定，对哪方面都不满意。他们有时认为自己什么都能行，有时又认为自己什么都不行。这么一来，唯有吃饭睡觉才是他们的强项。你今天一整天，从一个极端反转到另一极端，对自己所犯的矛盾毫无觉察。

久雄 我没有什么矛盾。

影山 对自己的矛盾没有感觉，明显是青年人的特征。好好想一想吧，别人的一番甜言蜜语，竟然使你认为今晚上没有勇士闯入，同时也使你认为，你那位心中的目标也不会来了。

久雄 不是认为，是相信。是从一个从不说谎的人的口中听来的，那是无可怀疑的证言。

影山 相信？呵呵。竟然从什么也不相信的你的口中听到了这个词儿。那好，我问你。我可以相信，你是从一个从不说谎的人的口中，听到这一无可怀疑的证言。但是，那证言的根据在哪里？那个人不再来的证言，只有那个当事人才能说得出。那么说，你很相信你一直要除掉的那个人喽？

久雄 对不起，我不相信。

影山 那个人是一位杰出而高洁的人吗？

久雄 既不杰出，也不高洁。（激昂地）因而我要干掉他。这一点，想必您很清楚。

影山 那么，你为何轻易相信那个人今晚上不会来了呢？

久雄 （一时嗫嚅）……

影山 哎，为什么相信这一点呢？难道真的值得你相信吗？

久雄 （激动地）您是想叫我随便背叛他人的信赖啊。

影山 你越说越离奇了。对于一个一开始就不可信赖的人，谈不上什么信赖和背叛。

显子 （针对影山）求您了。请您不要再这样指责他了。

影山 这不是指责，仅仅是摆明道理的提问。从而将你的恋人，从无序的混乱之中拯救出来，使之稍稍遵循规范而行动。唉，久雄君，你说对吗？你之所以一味地相信今晚上那个人不会来了，这只能证明你是胆小鬼，只凭一己之愿，不是吗？"拜托了，那个人不要来啦，但愿一切都平安无事！"

久雄 （突发地）我不是胆小鬼！

影山 是的，是的。我想听到的就是这句话。我对你另眼相看。你仍然是个有前途的青年。（从内口袋里掏出手枪）来，把这个拿去吧。

显子 （欲阻止久雄接受）啊，那种东西不能接受。

影山 小姐，你不要吭声，就让他收下吧。这种场合女人插嘴，最容易损害男人的自尊。

久雄 （自言自语）那个人真的……

影山 真的？是啊，也许真的会来。因为你根本不相信他。你的这种怀疑是首尾一致，始终合乎道理。你是个很讲道理的人。喏，这把手枪就是标志。

　　〔久雄呆然收下。

显子 久雄君，不行，不行，那东西很危险！

影山 放心吧，那只不过是按理行事的标志。是将他从混

128

129

乱中救出，让他回归理性的工具。小姐，告诉你吧，武器这玩意儿，是使男人按规矩行事的最强有力的工具。就是这么回事。

久雄 （将手枪装进内口袋）显子小姐，不必担心。有了这把手枪，我心中踏实多了。

　　〔此时，下首传来喧闹声。序幕时出现过的宫村大将夫人则子和坂崎男爵夫人定子，身着开胸衫上场，热情地跟影山打招呼。

则子 她已经来啦，夫人的洋装实在漂亮，我从现在开始就有些坐不住了。

定子 今晚上，朝子夫人穿开胸衫出席晚会，已经受到各方表扬。我们很想及早看到她的身影，所以比丈夫他们早来一步。

影山 她呀，同大德寺夫人在舞厅里了。

则子 （对定子）我们快去吧。我们想抢在全东京的人之前看到她。要是那样，今后就有了话题啦。

　　〔两人急急忙忙走进舞厅。突然一阵欢呼。响起华尔兹练习曲的音乐。影山和久雄以及显子，默默伫立。不一会儿，在则子、定子和季子的包围下，朝子盛装而出。

定子 多么漂亮，多么美丽！

则子 比起穿和服，显得年轻十岁。

定子 非常合身，仿佛一直穿洋装，有板有眼的。

季子 好狡猾啊，难道她不这么想吗？她一开始穿，就比我们这些穿惯洋装的人，还要老练得多。

则子 想必她先生也很得意吧？（转向影山）晚会一开始，就觉得今天是最高兴的一天，不是吗？

定子 您这么一上身，就如同瀑布下泻，衣服沿着身体的曲线流淌。真叫人羡慕！而我呢，瀑布倒是瀑布，途中总是受到岩石的阻挡。

朝子 你们这么稀奇地望着我，使我感到自己就像天竺国送来的动物。

影山 （兴奋地）好吧，大家都到齐啦。先让我向各位敬酒。（拍手）在玻璃杯里斟满酒端过来！

　　〔华尔兹继续响起。侍者们捧着盛满葡萄酒杯的盘子，从舞厅走来。给各人分酒。人们正要干杯时，朝子不小心将玻璃杯掉落在地板上。

影山 哎呀，这可不像平常的你啊。

朝子 多亏是玻璃酒杯啊。

　　〔侍者立即重新递过来一只玻璃杯，朝子接过去。

朝子 有替代品啊。

影山 也有不能替代的啊。

季子　（对影山）请带头叫大家干杯吧。

影山　今天是天长节，高呼"圣寿万岁"，好吗？

季子　你这么一说，听起来有些不敬啊。

影山　那么……可不是吗，那就什么也不提……干杯！

　　〔众举杯。

—— 幕落 ——

第四幕

［当晚九时过后。道具同前一幕。装饰整齐、完备。
宾客喧嚷，侍者们左右往来。

［影山伯爵夫妇站在下首楼梯下口，迎接客人。他
们中有走在前面各自拿着酒杯的坂崎男爵夫妇，军
装前胸挂满勋章的宫村陆军大将及夫人。大将蓄着
漂亮的恺撒胡。

宫村　哎呀，哎呀，军人碰到这种场合就很头疼。首先，
　　　你不能不感到头疼。喜欢驰骋战场的这副身子，不可
　　　能在这堆柔弱的女孩子中间感到欢乐。（一边说一边
　　　瞟一位女宾）……人性的关怀，不可能灵活地波及四
　　　面八方。侍者，来一杯。（命令换杯，向那位女子）
　　　请问，你杯中的酒好美，是什么酒啊？对了，在问清
　　　楚酒的名字之前，侍者，也请给我一杯同样的酒吧。

则子　您真无聊，真可怜。

　　　［边说边同定子嘀咕。

宫村　不，我还不到无聊的时候。想我一生戎马倥偬，征
　　　战南北，那样的生活才符合我的性格。（又瞅着别的
　　　女子）夫人，您那扇子在哪儿买的？啊，我只是随便

问问。我也想给太太买上一把。（交谈）

坂崎　（一心想挤入妻子同则子的会话）哎，那个，那个
　　　　问题嘛……

定子　什么事啊？

坂崎　不，没什么。（颇为沮丧。又同则子快速交谈起来）
　　　　所以说嘛，我从前也说过了。这种事，实际上……

定子　什么事啊？

坂崎　不，没什么。（颇为沮丧）

　　　　〔此时，下首楼梯上呼声高朗。

呼声　内阁总理大臣伊藤博文阁下夫妇光临！

　　　　〔伊藤夫妇上。伊藤和影山握手，亲吻影山夫人手
　　　　背。亲吻时间颇为长久。

伊藤　哎呀，晚会真热闹啊！我打算明年在我那里举办一
　　　　次化装舞会。这是内人想出来的。是吧，梅子？

梅子　到时候，请你们夫妇一起光临。

影山　谢谢。那边舞厅，请。

　　　　〔伊藤夫妇悠然地接受众人行礼，走进舞厅。

影山　从横滨开来的特别快车，应该是九点到达新桥
　　　　车站。

朝子　外国人士都是乘坐这趟列车来的吧。

影山　时间已经该到了。

呼声　大英帝国水师副提督哈密敦阁下及海军士官一行
　　　　光临！

朝子　啊，第一波客人到了。

　　　　［英国副提督和海军士官们，各自同影山握手，亲
　　　　吻朝子手背，随后去舞厅。

呼声　陆军大臣大山岩阁下夫妇光临！

　　　　［大山一身戎装登上楼来，随便向影山夫妇打了招
　　　　呼，接着，碰见宫村。

大山　嗬，宫村。贵公很少到这种地方来。

宫村　贵公也不适合跳交际舞啊！

大山　啊呀，真可谓妇唱夫随嘛。内人在家中搞了个交际
　　　　舞学习会啊。（其间，宫村夫人和大山夫人在交谈。
　　　　大山压低嗓音）但是，那个，影山夫人就是个举世无
　　　　双的美人儿。一旦被伊藤公瞟上一眼，就麻烦啦。

宫村　伊藤公这个人，刚才只是淡淡地寒暄一下，他是奔
　　　　着交际舞会而来的。

　　　　［大山夫妇、宫村夫妇也进入舞厅。

呼声　大清国陈大使阁下一行光临。

　　　　［身穿华丽的镶嵌着金银绣花的中式服装、留着辫
　　　　子、垂着胡子的大使一行上场，向影山夫妇施中国
　　　　礼之后，进入舞厅。

　　　　[此时，突然奏起方舞舞曲 [1]，响起掌声。

影山　开始跳舞了。

朝子　我们也去跳舞吧。

　　　　[这期间，好几对外国夫妇、日本夫妇，结伴上楼。
　　　　——和影山夫妇相互致意，随后进入舞厅。舞台一
　　　　时空无一人。不久，伴随着方舞舞曲，由上首露出
　　　　舞者队列的一端。其中有大德寺季子、显子、久雄
　　　　等人的面孔。片刻间，舞台上顺序出现跳舞的圆
　　　　圈，接着又从右首消失。舞台空无一人。舞曲继续
　　　　响起。——侍务长自下首阶梯快步上楼。他头发散
　　　　乱，转头回望阶梯下方，急匆匆跑进舞厅。立即同
　　　　朝子一起折回。影山悄悄尾随其后走过去，伫立于
　　　　舞厅入口。

朝子　你说什么？勇士……上楼来了？不，不可能。绝不
　　　　会有那样的事情。

侍务长　人们都聚在一楼想逃走，他们挥舞钢刀，又恐
　　　　吓，又嘲笑。一楼的装饰全都给毁坏了。

朝子　不会吧，怎么会这样呢？

侍务长　再这样说下去，他们会趁机上楼来的。

1　方舞（quadrille），四人两对成方形的舞蹈，起源于英国乡村舞。

［下首阶梯传来噼里啪啦的响声，以及哭喊声和大
　　笑声。

朝子　（决然地）我来处理。绝不可惊动宾客。你的责任
　　是告诉侍者们，不要让客人到这座房子里来，请大家
　　都集中到舞厅去。明白了吗？（再次传来哭喊声和野
　　蛮的笑声）

侍务长　是的，明白了。

　　［侍务长正要去上首舞厅，站在那里征求影山的意
　　见。影山怒目而视，令他走开。交肩而过的久雄、
　　季子和显子上场。朝子决然下楼。久雄、季子和显
　　子坚定地守望着她。传来杂乱的登楼脚步声。

朝子　（站在楼梯上，俯视下面）不准上楼。不许再上来
　　一步！

　　［影山站在上首内楼梯上发信号，招呼飞田。飞田
　　和影山伫立于上首楼梯口。

朝子　怎么了？你们以为这副样子能吓倒我吗？我不怕什
　　么钢刀。退下去！快，快些退下去！

久雄　（激昂地）我们被骗了，这是个骗局！那家伙不光
　　背叛了我，也背叛了母亲。好吧，看我如何收拾你！

显子　久雄君！久雄君！

久雄　胆小鬼，看我如何收拾你。

[甩开两个女人。打开露台的门扉，走出户外。显
　　　　子紧抱季子，浑身战栗。

朝子　你们一定要上楼吗？那好吧，那就请先杀死我再上
　　　楼。请快些把我杀掉！

影山　（小声，对飞田）还等什么，快些让他们解散。（飞
　　　田畏畏缩缩，急匆匆走下内楼梯）

朝子　没志气的东西！挥舞钢刀，也不敢杀死一个女子
　　　吗？来呀，快上来啊，快把我杀了吧。你们上来，把
　　　我杀了吧。

　　　[说话之间，拔刀的人们准备退去。朝子转身向上
　　　　首走来。影山、季子和显子迎上去，走近她。朝子
　　　　盯住影山。

朝子　（欲倒地）终于退回去了……终于走了。

季子　您真行，真勇敢啊！您豁出性命，保卫了晚会。

影山　朝子，他到底没有守约。

朝子　正像您所说的，大家都遵从您的指示。（突然发现）
　　　久雄呢？久雄在哪里？（季子和显子俯首不语）久雄
　　　呢？久雄在哪里呀？

　　　[此时，户外接连传来两声枪响。

朝子　啊！（倒在影山怀中）

　　　[再度奏方舞舞曲。跳舞的人们推开侍者的阻拦，

从上首出来，在舞台上跳跃，不久，又像退潮一般回到上首。舞台上只有影山夫妇和季子母女。露台上人影晃动。

朝子 久雄！你……

〔然而出现的是清原，穿着大礼服，胸间的扣眼里别着序幕的菊花。从面部表情看上去，浑身的力气都用光了。他走进来，呆然而立。众惊讶。

朝子 您还活着？（瞬间浮现喜悦，忽然袭来不安）久雄怎么样啦？

清原 久雄……死了。

显子 啊！（脸孔埋在季子怀中）

朝子 （激昂地）没想到您是这么一个人！您破坏了约定，您这个胆小鬼。久雄就是因为这个而死去的。您背叛了我和久雄母子二人，恬不知耻地活着。

季子 这么说，久雄君是您的……

朝子 一开始就在欺骗我，做出的约定根本不打算遵守。过了二十年后，今天终于明白了。您是个不值得爱的人。尘芥般的人，胆小鬼。那枚勋章您不配戴它。（从扣眼里揪掉菊花，踩碎在地）这下子好了。（将踩碎的菊花又拾起来）这才符合于您。一朵踩碎的污秽的菊花，这才是您的勋章。来，把这个拿回去吧。这样一来，您就可以苟且偷生、长命百岁了。我这一辈子，再也不愿见到您。

〔清原从朝子手中接过菊花，装进口袋。这时，音乐休止，客人三三两两汇聚而来。影山命令侍者，巧使客人退场。飞田从上首内阶梯上，走近影山。

清原 请允许我说上几句吧。我正从马车上下来，树荫里就有人掏出手枪对我开了一枪。子弹从我身边穿过，打在马车的天盖上。我立即用护身手枪射击恶人。子弹击中他的要害，恶人当场倒地。野外灯光之下，这才看清他的面孔。原来是久雄。

飞田 （昂奋地）要是委托给我就好了。委托给我那就好了。

〔飞田拔出手枪朝向清原，影山以手制止，命他收起手枪。

清原 （再度拔出口袋里的菊花，用手揉碎）……久雄是我抱在怀里咽气的。看到他那副表情的时候，朝子夫人，这是我的直感，终于了解了一切。你懂了吗? 久雄并不想杀我。久雄他想让我杀掉他，那才是他的复仇!

朝子 什么?

清原 那样的近距离，瞄准我的子弹本来不会打偏的。你懂了吗？那孩子射击我的子弹打飞了，是希望我杀死他呀，一个他所憎恶的父亲，一个终于未能回报儿子之爱的无用的父亲！……我明白，那孩子从我这儿未能获得任何父爱，最后，只能期望父亲手枪里的子弹，企图使我悔恨终生。他是想叫我朝夕不会忘记他这个儿子。

飞田 （小声地）先生一直未能看透那个青年。

影山 （小声地）是啊，我是没看透他。

朝子 那么，久雄……

清原 影山先生，你很巧妙地杀死了政敌，比想象的还要手段高明。我真服了你啦。我的理想，我所向往的政治全完啦。只要没有哪位亲切的人士将我杀死，我就只能苟且偷生地活下去，虽然事实上，这不能说是活着。因为我已经是个超出手枪子弹以上被杀了的人，我绝非是你的麻烦了。我的理想失败了，政治也失败了。久雄完成了你的命令，他对你的忠实远远超过你的想象。我要给他建一座墓。朝子，我虽然失败了，但你的丈夫会越来越成功。只要每天早晨太阳从东方升起，这件事就肯定无疑。只是有一件事，我要跟你说清楚。

朝子 我，或许错怪了您了，在应当携手悲叹的时候，反而辱骂了您。我,我真……

清原 没关系。我只有一件事要说明白。在这里出现的勇士,不是我的亲信。

朝子 哎?

清原 那些闯入的勇士,不是自由党的残余,他们都是冒牌货。你的丈夫叫他们装作我的部下,以此来要挟我。

朝子 (开始面对丈夫)那么说,是您!

清原 你明白这一点就好。我是个守约的人。再见吧,我们再也不会相遇了。

朝子 等一等!

显子 妈妈,我已经没有力量活下去了。

季子 显子……显子……

朝子 等一等!

　　　〔清原从下首下。同时,飞田从上首内楼梯退场。

朝子 (决然地对显子)显子小姐,不要再说傻话了。不管发生什么事,都要活下去。说句残酷的话,久雄他并非为你而死,因此你不能白白地追他而去。难道不是吗,季子夫人?

季子 说得很对。这话对于显子,真是比什么都重要的一剂良药。(瞥一眼影山,对着朝子)我明白了。本来嘛，这就是我的愿望，这种事……

朝子 您说什么？

季子 如果您决心已定，随时可以来我家。我家就是您家，因为您一直待在影山家，这只能带来不幸。

朝子 谢谢您。我一定留心。

季子 您一定要坚强起来。回头我们一同去看望久雄君的遗体。（推拥着女儿从上首内楼梯下）

［影山夫妇激烈对视，沉默良久。

朝子 （冷静的语调）好好想想您所干的事吧。政治、政治、政治……都是政治问题。要是这样，那也用不着谴责您。

影山 政治、政治，这个政治嘛。不过，我所做的事，可以明白地告诉你，都属于爱情问题。我这番结论，你怎么看？你能说这个事件不是因爱情而引起的吗？……我呀……我很嫉妒。

朝子 （轻蔑地）您这个人！

影山 好吧，你听着。我呀，对存在于你和清原之间难以言说的信赖，十分嫉妒。那种透明的、那种容不进他人的不需要语言的信赖，令人嫉妒。你和清原虽然分离那样长久，依然能够互相信赖。我和你之间，有那么一星半点儿信赖感吗？

朝子 没有过。不过，您不喜欢那样，我也就服从您了。

影山 别犯傻啦！大凡人类，都不可像你和清原那样，无条件地互相起誓，互相信赖。这是不允许的。人的世界，本来就不容许这样。

朝子 政治的世界里有没有？

影山 我所思考的是在人的世界里。尽管如此，对这个不应该有的东西，我也十分嫉妒。你认为我没有人性，对吧？你和清原，如同魔术师一样，织成一根透明的丝线，制成奇妙的衣服，将它悬挂起来。于是，靠着这种魔力，人类世界严冷的法则被隐蔽起来，而庞大的桃色世界、互相信赖着的神话的世界堪称青年们理想的世界，渐渐展开了。对这些东西我无法忍受。在这一点上，久雄和我相似，那孩子到底是个小青年，他故意欺骗了我，对你和清原间信赖的神话，从背后给予了援助。

朝子 那种信赖没有被破坏。

影山 当这个还没有被破坏的时候，清原早已成了行尸走肉，再也不理睬你了。

朝子 我都一个不落地逐一领教了。您不是说这是爱情事件吗？那么，我问您，您为何要如此花言巧语地欺骗我呢？

鹿鸣馆

影山　我的意思是说，一切都是为了你。不错，我要弄一些手段，但关键是要让你看看，那就是为了要摧毁由人和人的信赖所成就的神话。一切都可以顺利地进行下去。久雄要是杀死清原，你就会终生相信那些勇士就是真正的勇士。你或许说我欺骗了你，但比起神话，欺骗能使人变得聪明。

朝子　您通过假扮勇士这出戏，就是为了将清原骗到这里来吗？

影山　为了将清原骗来，有何必要利用假扮的勇士呢？只不过是为了告诉清原勇士们闯入了。

朝子　您是说，那些挥舞钢刀的人野蛮的舞蹈，都是对我一个人的慰问演出，对吗？

影山　说的是啊。你想想看，其他还有什么必要吗？就是单为你一人做出的，是我羞惭而文弱的爱情做出的。

朝子　（渐渐抑制不住兴奋）不，这是为了刺激久雄而做出的计划。

影山　那小子可以随时变得激昂起来。况且，他背叛了我，做出了他想干的事情。

朝子　骗人！是谁把手枪给了久雄？

影山　一切都出于我的嫉妒。

朝子　啊！您玷污事情的手法真多啊！

影山　什么玷污？我是在清洗。你认为是政治的东西，我却用我的爱情加以清洗。

朝子　不要再提什么爱情和人性了。那种语言并不干净。一旦从您口中说出，就已经受到了污染。唯有在完全摆脱人的感情那一时刻，您才像冰块一般洁净。请不要再用您那黏糊糊的脏手，满捧着什么爱情或人的感情送到我面前。这真的不像您啊。请您再像您一次吧。不要再被政治以外的心灵的问题捆住手脚。正如清原君所说，您是成功的政治家，不论做何事，都能如愿以偿。此外，您还有什么欲望，是爱情？这不是很滑稽吗？是心灵？这不是很可笑吗？那些东西，仅仅为没有权力的人后半辈子所珍视。您总不至于将乞丐儿子喜欢的廉价的玩具也想弄到手吧？

影山　你一点也不理解我。

朝子　我理解您。您听我说，在您看来，今晚上只是死了一位无名的青年。其他什么事也没有。比起革命和战争，这不过是小事一桩。到明天，一切都会被遗忘。

影山　眼下，你的心灵在说话。在愤怒与悲叹的满潮之中，你的心灵在说话。你以为，所谓心灵，仅为你自己一人而备有。

朝子　自结婚以来，这是您第一次这样看待我这个正直的人。

影山 你是说，这种结婚对于你是一种政治，对吗？

朝子 可以这么说。是一对相配的夫妇。实际上，也是相配的……不过，好事情不会永远继续。今天，就是我离开您的日子。

影山 嗬，你要去哪儿？

朝子 我要随清原君而去。

影山 你同死人结婚，很愉快吗？

朝子 一切都会美好而顺利地进行下去。同死人结婚……还有哪个女人，会像我一样娴熟而富有经验？

〔蓦然响起华尔兹舞曲。

影山 哎呀，哎呀，又开始跳舞了。

朝子 在这儿子的丧期，母亲跳起了华尔兹。

影山 可不是，面带微笑。

朝子 虚假的微笑，也仅限于今日快乐地展示。（一边哭泣）快乐地展示啊，任何虚情假意，瞬间就将消逝！

影山 王妃殿下即将光临。

朝子 我将心情舒畅地等待迎候。

影山 瞧，那帮青春焕发的一群人，满肚子想入非非，渐渐地跳跃着向这边走来。鹿鸣馆。正是这样的欺瞒，逐渐将日本人引向聪明。

朝子 忍耐一下吧。虚假的微笑，虚假的晚会，不会永远
继续下去。

影山 对外国人，对全世界，要隐瞒，要欺骗。

朝子 世界上，再不会有如此虚假和恬不知耻的华尔
兹了。

影山 然而，这样的华尔兹，我要继续跳上一辈子。

朝子 所以，这才是老爷；所以，这才是您。

〔跳舞的一群，自上首而出，展现于整个舞台。影
山和朝子相互施礼，挽手加入舞蹈的行列。交谊舞
持续良久。音曲休止。此时，影山夫妇位于舞台中
央。远处，突然响起微微枪声，传遍四方。

朝子 哎呀，这是手枪的响声吧？

影山 你听错了，莫非是放焰火吧。是的，是徒然升起的
欢庆的花火。

〔自"哎呀，这是手枪的响声吧"至"莫非是放焰
火吧"，音曲休止。其间，全体静止不动。接着，
再次响起华尔兹舞曲。众人狂舞之中，幕落。

—— 幕落 ——

作者的话

《鹿鸣馆》

鉴于我的作品，安排在年末上演，所以我还没有仔细考虑过，也没有形成固定的腹稿。《鹿鸣馆》这个题目，本想以鹿鸣馆时代为舞台，描述条约改正的问题，以及对于接踵而来的反逆时代的预感。虽然对当时做了充分的考证，但假如写成戏剧很困难，那么也有改作其他体裁的可能。不过，构思时是以鹿鸣馆本身为中心展开情节，登场人物众多，其中不乏名人，并以全盘模仿外国为政策的权术主义[1]的贵妇人为主人公。最后，以大型舞蹈方舞的场面，结束全剧。

[文学座演出节目表，昭和三十一年（1956）三月]

关于《鹿鸣馆》

写作之前和写作中途，以及完稿之后，就这部作品，一直有着各种各样的整体上的感想。然而，脱稿一个月后的今天，已经没有任何感想了。写作是缥缈不定的。但如果是小

---

1 原文为英语：machiavellianism 。马基雅维利是意大利的政治家和历史学家，以主张为达目的可以不择手段而著称于世，马基雅维利主义（machiavellianism）因之成为权术和谋略的代名词。

说，写完之后，抹一把嘴角，就算完事了，但戏剧不行。从第一天起，就一直离不开自己的作品，宛如离不开已经分手的女人，令人提不起精神。

这部作品，好歹作为"戏剧"而完成了。在考证史实与时代方面有些麻木，极具杜撰性。明治十九年十一月三日，在鹿鸣馆举办的天长节舞会上，绝对没有发生这里所看到的那桩事件。但是，历史的缺点，在于只描写已经发生的事情，不描写未曾发生的事情。于是，这就给各类小说家、剧作家以及诗人等一伙人留下了空隙，任他们想象。

这回请了松浦竹夫先生担任导演。以往，松浦先生一直担任我剧本的助理导演，这次才有了同他交流的机会。他工作热情，为人诚实，对于拙作的理解非常深刻。由于我对他十分信赖，我们决定并肩完成这项工作。

扮演女主人公的是杉村春子女士，对于她长期以来的演出，较之一名作者，我更愿意做她的一名观众。看起来，在某种形式上，外国旅行对她有一定的影响。我对杉村女士说："请您怀着一副威风凛凛、唯有老娘才是天下第一人的心情投入本剧的演出。"这位即使有意逞强，但总显得几分文弱的杉村女士，我还是期望她创造出一位君临天下、举世无双的女主人公的角色来。

[文学座演出节目表，昭和三十一年（1956）十一月]

鹿鸣馆

《鹿鸣馆》记

对于所谓鹿鸣馆时代，从孩提时代起就很向往。现今的年轻人，据说连"鹿鸣馆"三个字的发音都不知道，当然不会具有什么向往。我读初中二年级时，日本绘画课允许自由选材，曾经在绸缎上描绘过鹿鸣馆的贵妇人。

战争结束后的被占领时代，稍稍类似鹿鸣馆时代。堀田善卫先生的小说，描写了同 GHQ[1] 有关系的贵妇人，但在最富现代色彩的方面，她们和鹿鸣馆时代那种伴随阶级没落，卑微地，一方面对外国人阿谀奉承，一方面又具有新兴国家的潜能与古老封建性矜持的女人们无法相比。

皮埃尔·洛蒂[2] 的《江户舞会》是芥川龙之介《舞会》的先行之作。芥川的《舞会》是短篇小说的杰作，突显了芥川文学的一切优点，较之后期那些衰弱的作品，更能引起我辈的喜爱。这出《鹿鸣馆》戏剧，舞台上再现了洛蒂和芥川描写过的当时的舞会。当然，不是当时原封不动地再现，而应该是为我们的形象所曲解，抑或较之现实更加美好、现在看来不觉得奇怪的舞会。当时的锦绘上也有民众观看鹿鸣馆的

---

1 驻日盟军总司令部（General Headquarters）的简称。
2 皮埃尔·洛蒂（Pierre Loti，1850—1923），法国小说家，曾任海军军官，到过亚洲、非洲等地，两次来日本，出席过鹿鸣馆的晚会。作品有《洛蒂的结婚》《江户舞会》《菊子夫人》《阿梅三度春》《冰岛夫人》等。

画面，露齿的小个子日本人，穿着不合体的燕尾服，围着外国人的屁股转来转去；小偶人般的女子，身裹狼外婆似的夜礼服，抓住身高二倍的外国男人跳舞。那种风景我虽然曾经见到过，但我要描写的不是这类的讽刺画。

这出戏可以说是我第一次"为舞台演出艺术"而写出的作品。戏剧这东西，当然应该如此，但鉴于作者时时会出现种种个人想法，并非一成不变。不过，此次这样的私欲似乎受到了控制。自搁笔那一刻起，我就为促进"演员"这一最抽象的艺术家开始活动，为推动"舞台艺术"这一最为抽象的纯粹的艺术运动的开始，全力投入这出戏的组织工作。

[《每日新闻》（大阪），昭和三十一年（1956）十二月四日]

《鹿鸣馆》后记

《鹿鸣馆》是为文学座二十周年纪念公演而受命写作的舞台脚本，发表于一九五六年十二月号的《文学界》。同年自十一月二十七日至十二月九日，于第一生命会馆初次公演。主要职员及演员如下：

导演 松浦竹夫

装置 伊藤熹朔

演员表

朝子…… 杉村春子

影山伯爵……中村伸郎

季子……长冈辉子

显子……丹阿弥谷津子

清原永之辅……北村和夫

久雄……仲谷升

飞田天骨……宫口精二

草乃……贺原夏子

宫村大将……三津田健

壮大的戏剧阵容，以及国外游历归来久未登台的杉村春子的参演，呈现场场满员的盛况。作者也乘兴客串，以没有台词的木匠这一角色出现于第三幕。鉴于歌德也扮演过奥列斯特[1]。此种客串务必请给予谅解。

关于鹿鸣馆时代的资料，获得了东大明治新闻文库的西田先生的大力支持。

排练过程中，岩田丰雄[2]先生直接给剧场写信，表示

---

1 希腊神话中阿伽门农之子。阿伽门农被妻子克吕泰涅斯特拉谋杀后，他为父报仇，杀死母亲，继承父位。
2 一名狮子文六（1893—1969），本名岩田丰雄。日本小说家、剧作家。同岸田国士共同创办文学座剧团。另外又是位幽默小说作家。

鼓励。信中说:"这出戏将十九世纪浪漫剧(萨尔都[1]、斯克里布[2])的骨法[3]活用于现代。"然而,由于我这个作者本身不知道什么萨尔都和斯克里布,谈不出什么见解来。但这期间,渐渐引起我的注意,每当听到人们提起"古典剧"什么的,背后就伸舌头,总想说上一句:"我不懂什么浪漫剧……"

《大障碍》刊载于一九五六年三月号《文学界》,这是一篇轻松的速写作品。文中出现的关于青山墓地的会话,出自和亡友母亲交谈中相似的体验,于是随手用上了。而且,那种可怖的印象,和母校后辈非正常死亡的人事案件组合在一起了。

《道成寺》是《近代能乐集》第六出剧作。为一九五七年一月号《新潮》杂志而写作。郡虎彦先生有同名的一部名

---

1 萨尔都(Victorien Sardou,1831—1908),法国剧作家。写有剧本约六十部,大都描写远离现实的传奇故事,其中有《祖国》《费朵拉》和《罗伯斯庇尔》等。
2 斯克里布(Eugène Scribe,1791—1861),法国剧作家,一生共写了三百五十多部戏剧,其中大多数获得极大成功,他也成为当时最受欢迎的歌剧脚本作家。作品有《杯水》《野心家》和《妇人之战》等。
3 绘画六法中的骨相法,为充分表现对象骨骼而采用的线条勾勒手法。

作，因而，我在写完《道成寺》之后，长期踌躇不定。最后，无法可想，依旧命名为《道成寺》。

[东京创元社刊《鹿鸣馆》，昭和三十二年（1957）三月]

美丽的鹿鸣馆时代——关于《鹿鸣馆》再度演出

《鹿鸣馆》虽说是文学座颇为叫座的一出戏，但"新剧"[1] 的观众之所以爱看，其原因并不在于大家都完全认可此种戏剧样式，而是希望这种给新剧演员带来强烈反抗的台词，从另一种意义上，也给"新派剧"演员同样带来强烈的反抗。

说起来简单，但此次《鹿鸣馆》再演的目的，是想使之永远成为"新派"的创造，而不是文学座的模拟作。还有，即便是演员阵容，同样有待于水谷、森以及伊志井等人，共同进行一番有别于文学座的杉村、中村以及北村等人的全新的艺术创造。

《鹿鸣馆》的写作动机在于情节上是典型的通俗剧[2]，以及台词具有典型的智慧性。既然一切要素都归结于台词，那么，台词的紧张程度一旦有所松弛，剩下的就只是通俗的爱

1　明治末期，受西方现代戏剧运动影响，产生同歌舞伎以及新派剧等旧有戏剧抗衡的一种戏剧，统称"新剧"，后来多指话剧。早在明治中期，由歌舞伎改良而生的以世俗民情为题材的剧作形式，则称为"新派剧"。二十世纪初，逐渐衰落，对中国早期话剧有过直接影响。

2　原文为英语：melodrama。

情剧了。为防止这一点，我一向强烈主张无剪裁[1]演出，如今，"新派"比"新剧"更具有广泛的观众，我相信他们具有充足的能力敢于将这出未经剪裁的戏剧呈现于观众面前。

水谷先生很早以前就希望《鹿鸣馆》上演。这位不死鸟般的"戏剧鬼才"，克服重患，将自己于复苏世界中获得的新鲜感慨，悉数用于指导女主人公朝子形象的塑造之上。想起这一点，作为作者的我，实在感到幸运。

鹿鸣馆时代，从当时的锦绘和川柳[2]上可以知道，那确实是一出滑稽、奇异，模仿文明开化的猴戏。现在，我们在舞台上所看到的父祖时代，笼罩着一派乡愁，早已化作日本现代史上罕见的五彩缤纷的罗曼蒂克的时代了。

当然，时代的间隔美化了一切，但原因不仅限于这一点。如此改变现实的时代，将其形象转换为有异于现实的东西，并加以固定下来，这种作业正是作家的工作。我们将这一任务交托了皮埃尔·洛蒂（《日本之秋》）和芥川龙之介（《舞会》），这里再加上一篇《鹿鸣馆》。为此，作者或许会获得个"异想天开"的骂名吧？

[新派演出节目表，昭和三十七年（1962）十一月]

---

1 原文为日式英语：no cut，电影以及著作等不加删减，原版放映或出版。也指未经审查的毛片或原稿。
2 分别指画在锦缎上的绘画和具有幽默趣味的短诗（俳句）。

《鹿鸣馆》再度上演

如果说文学座的《鹿鸣馆》是亚欧堂[1]风格的铜版画，那么新派的《鹿鸣馆》就是歌川[2]风格的锦绘。从某一个侧面将原作扩而大之，各呈其姿，各吐其芳。对于作者来说，简直就是意想不到的幸运。

尤其是新派初演，水谷八重子病愈后首次登台。当她于序幕的花道上惊鸿一现，其美艳、青春及魅力，令初场的观众赞叹不已。那景象给人留下新鲜的记忆。刹那间使人感到，经过长久的期待之后，今天的世界终于迎来了一位伟大女优的复苏。这真是个令人兴奋的瞬间！

但整体上看，当初的东京公演，稍稍带有摸索之感。这回在熟练的基础上再度演出，令人高兴。本来由皮埃尔·洛蒂的《日本之秋》，经过芥川龙之介的《舞会》，再到我的《鹿鸣馆》，明治最美丽的回忆，一定会像大朵菊花一般绽放异彩！

[新派演出节目表，昭和三十八年（1963）十月]

1　亚欧堂田善（1748—1822），江户后期西洋画家。初从僧月仙、谷文晁。后去荷兰学习铜版画。代表作有《两国桥图》《浅间山图屏风》等。
2　江户后期浮世绘流派。将西洋画的远近法引入浮世绘制作。以歌川丰春为宗祖，涌现出"役者绘"的歌川国贞、"武者绘"的歌川国芳，以及风景画家歌川广重等。

早晨的杜鵑花

あさのつつじ

—时间—

昭和二年（1927）四月二十一日凌晨二时至清晨

—地点—

草门子爵府内

—人物—

草门子爵夫人绫子

前来出席晚宴的众多客人

小寺胜造

其他女佣等

郡司男爵遗孀繁子

鹿子木正高

管家山口

阪内伯爵

阪内伯爵夫人

桑原男爵

胜木子爵

胜本夫人

第一场

[草门家西式房间内，景泰蓝大花瓶里水养八重樱。壁炉台[1]上放置着巨大的大理石座钟。凌晨二时许。幕启，郡司男爵遗孀繁子和小寺胜造伴着唱片音乐，跳查尔斯顿舞[2]。众客围观。一曲终了，人们对繁子交口称赞："繁子夫人跳得真好。""记性最好的还是繁子夫人。""查尔斯顿舞很好看啊！""繁子夫子很勇敢。"云云；却对胜造一概无视。跳舞的两个人坐在舞台一头的椅子上休息，女佣送来饮料。又响起别的音乐，有两三对舞伴出场。——繁子短发、着洋装，胜造穿着最新的流行时装。

小寺胜造 瞧，没有一个人提到我的名字，受赞扬的都是你。在他们眼中，我就是一个外星人。

郡司男爵遗孀繁子 这些您不必介意，我根本不在乎那帮人。

---

1 原文 mantelpiece，壁炉台，壁炉周围及前面的装饰。
2 查尔斯顿舞（The Charleston），二十世纪二三十年代在美国流行的一种摇摆舞，以南卡罗来纳州查尔斯顿城命名。其舞蹈旋律来源于 1923 年詹姆士·P. 约翰逊（James P. Johnson）在百老汇创作的一首歌曲《查尔斯顿》。

小寺　您有资格不在乎，而我没有。您本来就是郡司男爵的遗孀嘛。我呢，可以说只是一个暴发户。

繁子　小寺轮船公司的社长，还是亚洲橡胶公司的社长。成天待在社长办公室里飞扬跋扈的您，能到这里来，真是可爱极啦！

小寺　无论是谁，换个不同的地方就会可爱起来。

繁子　照这么说，您还是不要到这里来为好。

小寺　是谁邀我来的呢？

繁子　啊，真讨厌，都怪我……我完全懂了哟，我知道。

小寺　知道什么？

繁子　我知道，你呀你，你，对这家的女主人……

　　　　　〔胜造不由一惊。此时，音乐曲终。众人皆对老年客人的舞姿拍手，议论纷纷。胜造没有参与评论，他正想离开，繁子用力拉住他，乘着酒兴，开始大声交谈。众人继续低语，倾听。

繁子　等等！要说这家的绫子是子爵夫人，那我也是男爵夫人啊。您如果喜欢华族[1]女人，也不必挑肥拣瘦，不是吗？绫子长得漂亮，古典风韵，举止高雅，像是

1　华族是日本于明治维新至"二战"结束之间存在的贵族阶层，分为公爵、侯爵、伯爵、子爵、男爵五个等级。

画中走下来的美人。我虽说学不来她那番庄重，可也是民众的知己，留短发，穿洋服，跳查尔斯顿，开四轮车……这些有什么不好的……（迁怒于周围客人）有什么不好的。小寺先生，您真是矛盾的集合体。留短发，穿洋服，跳查尔斯顿，这些（扫视一下周围客人）都成了旧时代遗老们茶余饭后的谈资。同时，受到这些遗老冷落的小寺先生您，却迎合这帮子人的趣味，根本不把我放在眼里。（啜泣）

小寺　我很为难，诸位，其实……

阪内伯爵　（打扮得像阿道夫·门吉欧[1]一般时髦的老绅士）您表现得很好，郡司君。（将手搭在小寺的肩上，表示安慰）即使革命爆发之后，我们再来搞乱也不为晚。唉，虽然我活着的时候，是等不到了。

桑园男爵　您是说繁子夫人像个女斗士，是吧？

阪内伯爵夫人　好了，您要打起精神来啊……

　　　〔众女士都来呵护安慰繁子，将她送到上面的房间，只剩下小寺一人。

小寺　（看手表，自言自语不住嘀咕）啊，已经两点多了，

1　阿道夫·门吉欧（Adolphe Jean Menjou，1890—1963），美国演员。1931 年因主演《犯罪的都市》，获得第 4 届奥斯卡金像奖"最佳男主角"提名。

我该回去了……（向着身边青年鹿子木正高）……我想去给令姊打个招呼……

鹿子木正高 （二十岁左右。眉目清秀。女主人绫子的胞弟）不用啦，反正一年有好几回夜宴，以后再说。

小寺 可不，我成了多余的人了。

鹿子木 不可这么说。我也非常厌恶那帮虚张声势的家伙。死抱着什么爵位、祖传的遗产不放，固守着贵族院发霉的宝座，一辈子起居于此，他们伟大在哪里？至少我绝对不干。老实说，我从一开始看到那帮人对您态度冷淡，没有礼貌，我就十分生气。说什么二十年前，您还只是繁子夫人家的守门人，什么也……

小寺 啊，请你不要再提这些了。

鹿子木 我对繁子夫人的态度也感到不满。我很尊敬您，小寺先生。这些人当中，恐怕只有我一个……

小寺 你这么说，我真想钻地洞啊……不，我也是一代财雄，倘若走上社会，不弱于任何人。说起华族，已经不行了。首先，他们的脑袋瓜子……

鹿子木 繁子夫人也不行啦。一到那里，就……

小寺 一到那里……你的胞姊等……

鹿子木 嗯，她是贵妇。最后的贵妇。残留枝头的樱花，晚霞中的樱花。我很尊敬姐姐，但不同于尊敬您，那是别一种意义的尊敬。

　　〔绫子一身和服，从左侧上。

绫子　啊呀，对不起。我中途离开了一会儿，丈夫一直都那副样子，叫我稍待一会儿，就这么……

　　〔从上首窥探繁子的女人们，这时都回来了。

阪内夫人　想必您睡得很香吧？

绫子　是啊，假若睡在这里，那对客人太失礼了。再说，要是感冒了……

阪内夫人　您是否唱过一首摇篮曲？

绫子　（微笑）那已经……

鹿子木　绫姐，小寺先生他说要回去了，请您挽留一下吧。

绫子　今夜不是说好了要一直玩到天亮吗？用不着早回家呀。

小寺　……啊！（眼睛一眨不眨凝视着绫子）

桑原　我说，夫人。大伙儿刚才一致认为，阪内伯爵很像阿道夫·门吉欧。

绫子　阿道夫·门吉欧，是什么呀？

阪内夫人　眼下正受欢迎的一部电影里的明星。您没看过

《不良老年》[1]吗？

阪内 绫子夫人不大看电影。唉，（一直盯着绫子）真看不出您喜欢那些热热闹闹的场景啊！即便是今晚的宴会，大概也不会引起您的兴趣，是吧？

绫子 哦，那也……

阪内 我懂了，我懂了。您的兴趣全都无条件服从您家先生了。他喜欢人多、热闹，喜欢讲排场，生怕寂寞、冷清。可他自己一喝酒就烂醉如泥，然后睡到不知南北。所以，我们虽然应您家先生之邀，实际上是被您的魅力所吸引，不顾您厌恶人多，特来这里一睹芳颜。这才是我们此行的真正目的啊！

桑原 我不希望伯爵马上说出前来的目的。您欺负这样一位诚恳的好人，究竟想干什么呀？

阪内 今晚正好只有她一人，狠狠戏弄一下。您就让我把心里话全都掏给她吧。

鹿子木 姐姐没有说谎。

小寺 是的嘛，夫人绝不是爱撒谎的人。

〔众人议论纷纷。绫子始终面带微笑，坐在中间的椅子上，等大家平静下来。

1　美国黑白电影（The Ace of Cads），1926年上映，由路德·里德导演，阿道夫·门吉欧主演。

绫子 那么，我来坦白吧。我呀，说实话，没孩子，并不喜欢住在这么一座空荡荡的大宅子里。大家来到这里，我是很高兴的，可我不通世故，拙口笨腮，语言无趣。想必使大家很是扫兴吧。

小寺 看您说些什么呀。根本不是那么回事……

　　〔看到小寺说服大家安静下来。绫子微笑着。

绫子 您能这么说，我太高兴了。不过，这样过生活，一切都是为了丈夫。他最了解我，说我像个孩子。其实，我比孩子更不懂事，更软弱，一般的事情我都不会做。每天只顾享受，无忧无虑，随心所欲。这些全都是仰仗着丈夫。丈夫也是个生来自己手里不管钱的人，从不知道东西的价格。要是没有我陪他，他到了海港码头，看见中意的外国军舰，也许不问价钱，当场就会买下来。说不定哪天看上银座咖啡店的招牌，也会立即花大价钱买回来。哪里去找像他这般心地纯净、童心未泯、神仙般的人物啊！

阪内 您真疼爱您的丈夫啊。

绫子 所谓爱，多半就是这样的。他就像热带鱼，养在豪华的玻璃水槽内，围着美丽的海藻，昼夜都生活在恒温之中。在我看来，他就是外国那种奇妙的兰花般的人，要人照顾，要费钱财，但却是个活得有滋有味的人。假如我有朝一日随心所欲，过上自己喜欢的生活，那就像给水槽里换上冰水，我丈夫这条热带鱼，就会立即死亡。

阪内夫人　子爵要是做一名艺术家该多好啊。

绫子　我家先生对艺术不感兴趣。他这个人本身就是一个小巧玲珑的可爱的艺术品。

阪内　哎呀哎呀，您实在疼爱着他。不过要是发生革命，该怎么办呢？

绫子　我想，革命风暴到来之前，可以看到地平线黑云翻卷，骤然刹风……到了那个时候，丈夫大概能立即嗅到暴风雨的气息，自然而死。

阪内　唔，获得妻子这般信赖的丈夫很少，没有获得妻子这般信赖的丈夫也很少。

　　[这期间，小寺渐渐陷入沉思。

胜本子爵　我稍稍懂得些财政，银行会在革命之前一家接一家倒闭。（阪内不悦地望着胜本）就在两三天前，还以为平安无事的"台湾银行"[1]停业了。可怕，简直太可怕了。巨大的恐怖就要到来了！

阪内　话虽如此，可这里的草门家没有事。他们保有十五

━━━━━━━━

1　日本统治下的银行，1899 年设立，"二战"后倒闭。

早晨的杜鹃花

银行[1]的账号。

胜本　要是这样，那就没问题。政府即便毁掉台湾银行，也绝不会毁掉十五银行。我们华族大部分都是它的股东，在那里有存款。那家银行资金来自宫内省[2]金库，要是把它关闭了，日本的社会结构就将变成一团乱麻，不可收拾。国家高层以及皇室的藩屏也会总体崩溃。假如到了那种地步，就等于帮助赤色分子搞革命。所以，政府是绝不会将它毁掉的。夫人，草门家和您家先生都会平安无事的，您用不着担心。

阪内　（露出放心的表情，小寺注视着他的表情，倾斜脑袋思忖着）哦，您说得对，是这样。其他银行的股票且不说了，十五银行的股票，支出一百元能赚回一百〇八到一百一十元……大地震过去四年了，上天的惩罚已经结束……尽管这样，草门子爵啊，他这个人像是一块巧夺天工的雕花玻璃，很容易被打碎。看外表十分孱弱，内心里或许还有几分坚强……

绫子　不是的……我望着丈夫，总觉得心情茫然。他这个

1　十五银行，最早成立于 1877 年，作为第十五国立银行开业。既是华族银行，又是宫内省（后来的官内厅）主要金库。1927 年因金融危机而停业。

2　政府内负责管理皇家事务的机构。1949 年以后官内厅的前身。

人像孩子，笑起来声音开朗。每到这时，不知怎的，他总感到这个家到他这一代就算完了。他觉得自己就是火焰的最终一闪，秋虫生命的最后一息……（用手帕擦眼睛）

阪内 不要再担心了，收个养子吧。弟弟鹿子木君也可以。（手搭在鹿子木肩头）这可是位身体健壮、前途有为的青年啊！

胜本 怎么样？大家再继续跳舞吧。我对跳舞不感兴趣。

桑原 我想再买一栋别墅。我是个别墅迷。今年夏天，我招待你们去一趟。

阪内夫人 给乘游艇吗？

桑原 那还用说，但我不保证大伙儿性命。

胜本夫人 今年夏天，应该买一台敞篷汽车。

胜本 不行，要节俭。万事都要节俭。想想农村那些可怜的老百姓吧。

阪内夫人 啊，胜本君说他出身农村，看起来很不像。

　　[他们这段对话期间，音乐再起，大家又开始跳舞。

桑原 还想去英国定做一套西装。

　　[山口管家陪同一位身穿羽织裙褂、六十岁光景、颇显忠厚的老人，由下首上。

山口 胜本先生，有您电话。对方似乎找您有急事。

早晨的杜鹃花

〔他从容不迫地说话。众客喧哗，都未听见。绫子
　走过去。

绫子　什么事？

山口　胜本有电话，有人找他有要事。

胜本　（犯疑）哦，电话？半夜三更，会有什么事呢？（看
　　钟表）已经三点了。（随管家走向下方。众人继续跳
　　舞，或欢笑哄闹。胜本回来，站在舞台左侧，大声喊
　　叫）诸位，出事啦！不得了啦！还跳什么舞啊！（女
　　佣关上唱机。众安静）

绫子　（冷静地）究竟出什么事了呢？

胜本　不得了啦，这不是开玩笑，十五银行倒闭啦！

众人　什么？（大惊失色）

胜本　就是刚才凌晨两点半，宣布停止营业。银行门前，
　　半夜里人山人海。我们的股票还有存款全都泡汤了！

众人　啊？

阪内夫人　（拉住丈夫衣袖）有救啦！

〔阪内瞪眼，示意夫人安静。这些都未逃过小寺的
　眼睛。

小寺　对不起，刚才您说"有救啦"，对吧？

阪内　（愤激地）你这是什么意思？太不礼貌了。难道说
　　错话的权利都没有吗？别不讲道理！郡司家的看家

狗，恬不知耻跑来这里。滚回去！赶快滚回去！

小寺 （反而冷静地）好吧，那就失陪了。

绫子 阪内先生，请您冷静一下。

阪内 （恢复镇静）哎呀，何必呢，对他那样的人，太过分了吧。（显出很着急的样子）……这下子完啦，真的完啦。我们今后如何活下去啊！

　　　〔小寺转眼间从下首消失踪影。

桑原 别墅怎么办？那里依靠出售十五银行股票的资金正在建设之中……啊，过去的生活已经……

胜本夫人 敞篷汽车也不行了吗？

胜本 还提那些，只能拉排子车走路了。今后……

胜本夫人 （歇斯底里哭泣）我们活不下去啦，我们活不下去啦！

桑原 不能老这样下去，得赶紧回去。诸位，不能光顾着晚宴啦！（边哭边喊，众皆准备回家）

绫子 （静静地走向鹿子木）这件事无论如何都不能对先生说，幸好他现在睡着了……

鹿子木 ……好的。

　　　〔——道具回转。

早晨的杜鹃花

第二场

[山口管家事务室。桌面上摊着账簿等。电话、古旧的书架。一间杂乱发霉的屋子。隔着中央的桌子，山口坐在左侧，正在查账。右侧站着小寺，似乎正要坐到桌面上去。此种场面的小寺，猝然变了一个人，成为一名精力旺盛、富有威压的事业家。

小寺 我从阪内伯爵的表现上就看出来了。那样的大腕儿，早就和银行内部人员串通一气，将存款提前取出来了。实在太不像话，手段真卑劣啊！

山口 是的……是的……（慢腾腾地翻看着账簿）

小寺 你是如何管理家里财产的，你要毫无保留地全部讲出来。

山口 好的……马上。

小寺 你只管说，不会亏待你的。我将全心全意帮助你。

山口 是的，我会说的。不过，您这么急吼吼的，莫非……

小寺 （对方如此磨磨蹭蹭，使他有些急不可耐）你怎么啦？存款以外的股票，还有，对啦，还有不动产，这也很重要。光是这些……

山口 您说股票，是吧。（从账簿上找出来）请看。

小寺 什么呀，光有十五银行的？这些东西全变成废纸了。你既是草门家的管家，为何不把股票分散开来呢？这种……

山口 这也不能全怪我。以往大家保有的股票各种各样，三菱啦，三井啦，都有。但上一辈都换成十五银行的股票了。上一辈和十五银行的总裁，自学习院时代起就是最要好的朋友。这些似乎都是留下遗嘱的。

小寺 山林呢，山林怎么说？既然是大名的家庭，家乡应该有着庞大的宅第和山林啊。

山口 那当然了。不过，该倒运还是免不了……

小寺 所谓倒运，又作何论呢？

山口 唉，二月十一日，正好是两个多月前。家乡成立一所地方铁道公司。高价收购沿线土地，殿下听了那边的话高兴地答应了，将故乡的土地、山林，一股脑儿全卖光了，没剩下一分土地。

小寺 卖下的钱呢？

山口 将近十五万元，全部……

小寺 哦？

山口 全部存入十五银行了。

小寺 你把家业全给毁了？

山口 不，不，看您说到哪儿去了。这一切都是遵照殿下的命令。

小寺 哎？子爵不就是一位手里拿到钱连看也不看的公子哥儿吗？

山口 啊……夫人似乎是这么想的……

小寺 （急不可待）究竟怎么回事？你快说呀。

山口 （开始浮现苦涩的微笑）在夫人眼里，殿下就是一个花钱的大王，十五银行的存款也都所剩无几了。比起代代祖传留下的土地、山林……我这么说，意味着什么呢，那就是说，殿下是想要这笔现钱用啊！

小寺 你是说做给夫人看的，对吗？那是什么意思呢？

山口 哦，那可是秘密，我竟把这事儿也说了……殿下希望在夫人心目中留下一个天真无邪、懵懂无知的小孩子的印象，不顾一切地胡乱花钱，显得极为有趣又傻气。夫人只愿他是个可爱的孩子，从来不担心钱的问题。至于上面的人是怎么想的，我哪儿知道？不过，殿下是不是可以这么说，他永远是个天真无邪的孩子，一直对夫人撒娇。他希望被夫人搂在怀里，一切都不要跟他计较，跟他较真，使他活得舒舒服服，轻轻松松，犹如散步云中。为此，首先需要金钱。

小寺 （这段长长的对白之中，始终在考虑什么……）唔……对，是的。我总得干点儿什么。我必须使草门家族重新兴旺发达起来。

　　〔绫子进来，看到小寺身影，猝然一惊。

绫子　呀，本以为您回去了。他们也都退场了。

小寺　夫人，这并非是我放心的时候。出大事啦！

绫子　怎么回事？

小寺　家中财产除了这栋住宅和书画古董之外，一切都无
　　　　法保留啦！

绫子　啊！（长久地）我该怎么办呢？要是丈夫听到这
　　　　件事……

小寺　山口君，我想同夫人说说家里的事情。对不起，你
　　　　先回去睡觉吧。

山口　好的。不过……

小寺　（包上一些小钱）你辛苦了，剩下的我来管，不用
　　　　担心。

山口　（微笑着退回钱包）那我走了，我不要房东家一文
　　　　赏钱。好吧，你们慢慢谈吧，晚安。（下）

小寺　唉，真是个顽固不化的老古董。

绫子　（一直在微笑）你在这里就像是主人，可以为所
　　　　欲为。

小寺　是的，今后我必须凭借一己之力拯救草门家族。

绫子　你和这个家族无缘无故啊……

早晨的杜鹃花

小寺　是的。还有，无论如何，我必须获得夫人的协助。

绫子　但并没有托付于你啊。如果只剩下这座宅邸，那就卖掉宅邸，搬到小些的住宅居住。要是那样，我丈夫……（激动地）啊！对于丈夫来说，无论如何，他都必须有四季鲜花开放的宽广的庭院，延伸到任何一处的长廊，光辉灿烂的洋馆，还有五十名用人。

小寺　（嫉妒地）对不起，你认为，自己对子爵的爱情是夫妻之爱吗？

绫子　（作色）你！

小寺　那不能说是一个妻子的爱。更明白地说，那是一个护士对病人的爱。

绫子　（抑制愤怒）你，你以为一旦成为这个家族的救世主，就可以信口开河吗？

小寺　如今这个局面，感情是没有用的。对于我来说，明白地告诉您，这是千载难逢的机会。但是，我出于救助，并不想乘机占有这个家，我丝毫没有这样的野心。（从怀里掏出支票簿）好吧，在这张支票上填上五万元，假若每月四千元，可够一年使用。我急如救火。剩下的，倘若委托重建，我还可以支付一笔钱，足够您一年的生活费用。

绫子　这么多钱！

小寺　不是借贷，是白送。（填写支票，递过来）

绫子　五万元，这么多钱！你到底想要什么？

小寺　即使常在深闺，也知道白拿的金子很可怕。我所期待的是，立即当场……

绫子　哎？

小寺　就在这里，我立马想要您的身子。

绫子　啊！（惊愕之余，失去平衡）

小寺　（不失时机地）不，不是长期交往，只是一度欢合。眼下就……

绫子　小寺君！你在胡说些什么呀？

小寺　我想您想得很久了。高贵而美艳的妇人，冰清玉洁，香色动人。黄昏里夕颜花似的美肌……还有您那冷峻而姣好的面颜，您全然的脱俗，犹如彩锦般冷媚，又如彩锦般温柔。所有这些，我在深夜里多次梦见。好容易机会来了，只需一次就行。

绫子　生来受到如此的屈辱……啊，听到这样的话真想一死了之。

小寺　为什么？为什么？谁也不知道。就像黎明前的骤雨……

绫子　够了，够了，不要再说了！

小寺　这样一来，您的丈夫就会安全无虞，又能过上以往和平的日子。

绫子 不会有第二次的和平了。如果一旦做了那样的事……啊，那是多么耻辱的事！

小寺 您说是耻辱，您把我看作猪狗，那么您也是同类。您瞧不起我这个看门的……

绫子 不是，我根本没有这样的想法。我一直认为你是一个可以信赖的身强力壮的男人，我很尊重你。但听到你说出这样的话来，已经……坦白地说吧，小寺先生，我有贞操，我把女人的贞操看得比什么都重要。

小寺 贞操？您在做梦吧。您为那孩子般的丈夫的空壳保持贞操……

绫子 您胡说什么？不原谅你哦。

小寺 您再说一遍，"不原谅你哦"。咳，这是贵妇人的语言，天生丽质的人，才能说出的语言。我很喜欢这句话，请再说一次……

绫子 你竟然这样调戏我……（俯首而泣）

小寺 （不加安慰，随地转悠）好吧，好好想想吧。您要是拒绝接受我的要求，您丈夫就只能过着大杂院一样的生活，继续凋落下去，雇不起用人。您丈夫就将日渐瘦弱，像一只秋虫。（绫子仰起脸）对这个世界不再抱有任何希望，再也看不到一张笑脸，您的安慰也毫无用处。就这样，要么得病而死，要么，我是说"要么"，悲惨地投井而亡。

绫子　竟有那样的事，请不要再说了。

小寺　我当然要说。没有奢侈，您丈夫一天也过不下去。只能是每天吵架，最后连大杂院也待不下去，或许迷茫途中，您丈夫只能去做乞丐！（朗声大笑）哈哈哈，草门子爵做了乞丐！劳苦之余，变成瞎子。腿脚蹒跚，被夫人领着，好一个富有品味的叫花子！一定能讨到很多食物。

绫子　（如同在慢慢下决心）您答应一定要振兴草门家族。你信守这一约定，对吗？

小寺　我可以大言不惭地说，我可不是那种生来阴险狡诈、撒谎骗人的男人啊！

绫子　问你一句话，您绝不怀疑我的高尚的贞操，是吧？

小寺　（喜形于色）我一次都没有怀疑过。

绫子　纵使一切为了丈夫……即使这样，也没有吗？

小寺　（满脸狂喜）当然！因为，我没有资格获得您真心的情爱。

绫子　（久久地）……答应您，这张支票我收下了。（塞进衣带）

小寺　啊，阿绫！

绫子　不是自家人，不许喊阿绫。

小寺　那该称您什么呢？

绫子　（初绽笑颜）叫夫人。

小寺　就这样。眼下……

绫子　（随即）什么也不要说了。庭院尽头有个小池塘，塘畔有座西式厢房。夏天酷暑季节，我都住在那里。如今那地方正逢杜鹃花开，月夜里看起来，似乎白雪斑斑。（从管家的抽屉取出钥匙）这里正巧有厢房的钥匙，作为支票的还礼，送上这把钥匙。你可以从假山这边过去……今晚上这边的道路月明如昼。

小寺　您呢？

绫子　我从假山后面过去……

小寺　一个人走黑路？

绫子　我害怕月光当头……今后，我也应该学会走夜路。

　　　　〔——道具回转。

第三场

[原西式房间，一切同第一场。鹿子木独自一人，
茫然地坐在沙发上。不一会儿，头发繁乱、睡眼惺
忪的繁子，自上首上。用壁炉上的镜子匀匀脸。远
方鸡鸣。

繁子　这是头遍鸡鸣。天还没亮，大家都回去了吗？都是
　　　些没主意的人啊。（这回将裙子挽起，露出袜带）

鹿子木　在您呼呼大睡的时候，发生了一件大事。

繁子　（走向沙发）挺有趣啊，什么大事？

鹿子木　（避免她坐在身边）哇，满口酒气。

繁子　对不起。（仍然坐在他旁边）

鹿子木　大事到底是大事，惊天动地。但从民众角度看
　　　来，不过是杯底风浪。

繁子　究竟是什么大事？快说呀。

鹿子木　您可不要惊讶，十五银行破产了。

繁子　什么……十五银行怎么啦？

鹿子木　没办法呀，您和我，从明天起，一切都无法再奢
　　　侈了。

繁子　是吗？提点儿水过来好吗？

鹿子木 好的好的。（站起身子，拿来水壶，往杯子里倒满水递给她）

繁子 你在说什么呀？怎么，十五银行破产了？

鹿子木 府上的存款都在那家银行里吧？

繁子 唉，是的。我想起来啦。丈夫的遗产都存在那里了。

鹿子木 那些钱一个早晨全部消失了。什么也没有了。

繁子 都消失了？啊，太好啦！我从今天起就没有一文钱啦？

鹿子木 是啊。

繁子 啊，太好啦！我终于变成一个真正的老百姓啦，一个不属于任何地方、谁也不是的一介平民。自今日起，不管干什么，都无须受任何人指使。我是个凭借财产而获得爵位的人，我要立即返还爵位。啊，我也可以做一名咖啡店女侍了。女工、打字员，还有舞女，样样都行。啊，长久的梦幻般的生活，美好的鱼儿般活跃的民众生活，已经来到面前啦！（她在做出这些对白的时候，杯子已被第二次倒满水）正高君，我们干杯！啊呀，水杯好奇怪呀。好了，好了，这是用来告别以往的水杯。干杯！（端起杯子一饮而尽）

鹿子木 （呆然）您哪，您可以那样做。不过，我的姐姐该怎么办？她还拖着一位爱奢华的弱不禁风的姐夫。您想过没有，他们将来要怎么办呢？一想到这里，我就……

繁子 绫姐到哪里去了？

鹿子木 从刚才我就一直没看到她，真叫人担心。

繁子 这里的情景，殿下知道吗？

鹿子木 刚才您一直躺着。这种事怕他听到，绫姐一直担心着呢。

繁子 （又继续匀脸）小寺先生回去了？

鹿子木 嗯，阪内伯爵对小寺很生气，大骂了他一顿："滚回去！滚回去！"

繁子 他说了不该说的话吧？不过，他也太失礼了，把伙伴撂下不管，自个儿回去了。要是以往，是要受到惩罚的。哎，您不以为这个小寺先生，是个富有忧郁魅力的人吗？

鹿子木 他的生活，他的能量，以及处理事务的才能，的确很优秀。我很尊敬他。

繁子 确实在社会上找不到第二个了。那个人他具有卑微的魅力……尽管如此，正高君，以我看，你姐姐倒是执迷不悟。那样的丈夫哪点好啊？十五银行一倒闭，绫姐受到的打击，要比子爵大得多。这座广阔的宅

早晨的杜鹃花

邸，纵然有绫姐加上二十名女佣，但她们之中只有绫姐一人最关心。这件事她瞒着不说，一切也都是为了殿下……

鹿子木　（愠怒，一概不让她再说）绫姐不是那种人。绫姐的心情，你这样的人永远都不会理解。她是来自古代绘画中的无比贞淑的夫人，是一位活在今世的奇异女子。

　　　〔二人沉默。——这时，下首传来手枪响声。

繁子　啊呀？

鹿子木　这是什么？确实是手枪声……

　　　〔二人如被咒语缚住，动弹不得。

鹿子木　假若绫姐……

繁子　（指着上首）你到那边找找，我看看这边……

　　　〔鹿子木走向上首，繁子跑向下首，舞台暂时空白。鸡鸣不已。不久，鹿子木从上首奔上。

鹿子木　繁姐，繁姐！那里不见一个人影。（高喊。繁子手拿纸片，自下首急上）

繁子　不得了啦！出大事啦！子爵，你姐夫……

鹿子木　哎？

繁子　他在卧室里自杀……已经咽气了。（说着，瘫倒在沙发上）

鹿子木 你说什么？姐夫，他……

繁子 这是枕边的遗书。（递来纸片）

鹿子木 呀，鲜血淋淋。（接过纸片），上面写着：绫子啊，再见了。我在背后听到十五银行破产的消息。已经没有生存的希望了。我虽然过着柔弱的女人般的日子，至少最后死时总得像个男人。我使你受尽辛苦。你深深爱着我这样的人，我也打心眼里敬慕你。我真心对你说，在我死后，你不要丝毫犹豫，应该找一个有缘分的人结合，早日把我忘掉。草门家族的症结出在我身上，我有个花钱如流水的女人，这个女人和你不同，她是个绝不爱我的女子。

繁子 啊！……

鹿子木 对啦，我要尽早找到绫姐，把这些都告诉她。

繁子 绫姐！绫姐！你在哪儿？

鹿子木 哦，对啦，还有后院的厢房那里……（一手抓住遗书，自上首跑下）

繁子 正高君，我也去。你不要把我留在这儿！太可怕啦，太可怕啦！

　　〔追踪而去。——道具转换。

早晨的杜鹃花

第四场

[上首小洋馆，窗灯明丽。中央西式小水池。左右皆有石阶。背景是森林。随处生长着八重樱花树。白色杜鹃，繁花满眼。舞台深处传来鹿子木和繁子的呼喊："绫姐！绫姐！"呼声渐近。

鹿子木　啊，灯亮着哪！果然在那里。

[二人抵达洋馆，连续敲门，呼叫："绫姐，绫姐！"门开，绫子出现。

鹿子木　绫姐！

[双手欲抱，看到绫子身后的人影，遂后退。小寺出现于绫子身后。

繁子　哦，小寺先生！

鹿子木　（强忍愤怒）绫姐，姐夫死了，是自杀。这是遗书。（将纸片杵过来，绫子接过）

绫子　（神志恍惚）啊？（瞬间，慌忙正欲奔下。想到背后小寺，猛然停止）

鹿子木　怎么样，凭这副身子，还怎能去会见圣灵？如此被玷污的身子！绫姐，看着我的眼睛！不敢看，是吧？因为你内心有愧。纯洁的绫姐已经死去！你都干了些什么呀？就在姐夫自杀的那会儿，那时，那时……啊，比起姐夫，我更感到被人背叛了。你真是无情无义的女子！我看错人啦。（哭泣）

绫子 （回到窗灯下，读遗书。凝神思考着什么。突然面向小寺）小寺先生……

小寺 哦？

绫子 子爵死了，我用你救助子爵的金钱作为交换，任你毁掉我的贞操。这一切都白费了。你懂吗？

小寺 ……

绫子 所以，现在我要告诉你，你就是卑劣的禽兽！生来卑贱，乘人之危。你凭借肮脏的嘴巴造谣撒谎而积攒下了钱财，一双泥足粗暴地踏碎了最贵重、最美丽的东西。从你老子那儿遗传下来的轻佻放荡、顽固丑陋的腿脚践踏了一切。（转向繁子）繁子妹妹也看到了，这也好。我们家族雇用了一名很好的看门人。这位看门人、小偷、杀人犯，他什么都干得出来。

小寺 眼下你都说些什么呀……

绫子 住口！你是罪犯。不，你适合一辈子过着那种满地爬行的蛆虫的生活。你是专门利用别人的弱点而获得成功的家伙。你有这样的奢望，你犯下滔天罪行。你最好死掉。（这段念白中，小寺无力地走下石阶，中途坐在石阶上，耷拉着脑袋）你干出这等可怕的事情，你代替子爵死了才好……不，你还会厚颜无耻地活下去，你那恬不知耻的天性，是你祖上赐给你的礼物。

繁子　小寺先生，你没话说吗？没出息的男人。子爵暗中也有女人。

小寺　哎？

繁子　绫姐在自己一无所知的情况下，为了赚回子爵投于那个女人而失掉的金钱，她才甘心委身于你的呀。

绫子　繁子妹妹！（两个女人激烈对视）

繁子　小寺先生，打起精神来！对于这位高傲的贵妇人，永远都不要纠缠。你知道绫姐为何如此愤怒吗？她在为遭受子爵的背叛而生气，才冲着你发火的。

绫子　看你想到哪儿去了。（从腰带中掏出支票，交给小寺）喏，这个还给你，好好拿着回去吧。今后不许在我面前露脸。我一辈子都……对，我的前路虽然还很长，但我一生都不愿再见到你。

　　［天色渐渐明亮。

小寺　（仔细瞧着接过的支票，思虑着）这个呀，夫人，听我一句。你这样把钱还给我，而我也得到了我想要的东西。（开始冷笑）这样一来，就等于说——

绫子　怎么?

小寺　与其说你爱金钱,不如说你更宝贝你的丈夫,才委身于我的。但现在不了。你把钱还给我,那就等于说,可以吗?你是单为爱情而献身于我的。

绫子　(狼狈)真是奇怪的逻辑⋯⋯

小寺　这么一来,又回到原来那种情况,你一生只为丈夫着想,才忍受了一时的羞耻。你可以这样告诉你自己。(把支票递回)

鹿子木　(下定决心)对,对!小寺先生说得有道理。绫姐,还是把支票拿回去。倘若这样,我也收回我刚才的粗暴言语。有些事,我也逐渐明白了。好吧,绫姐!(说着,站到二人中间)

绫子　不!(注视着小寺)还回去的东西就是还回去了。

鹿子木　绫姐,这是个面子的问题。和社会上的面子相反,至少在你一个人心中⋯⋯

绫子　不,正高弟弟。(亲切地)我不能收下。

鹿子木　那么就像小寺先生所说的,你只是为了爱情⋯⋯

绫子　随你怎么想象吧,反正我说了,这一辈子我再也不想见他。不过⋯⋯

小寺　(乘势追击)要是你非要还回支票,我可以放置不管,我总有办法使它再回到你手里。

繁子 （敏感地）小寺先生！你……

小寺 是的。今后，我要求绫子小姐和我结婚。殿下去世了。殿下有女人。绫子小姐同我结婚，有着充分的理由。

繁子 啊，一个普通百姓，随你怎么讲吧。

小寺 好吧，绫子小姐，一切都一笔勾销吧。跟我走吧。我将无所顾忌地带你到婆罗洲去。我是个可以充分给你幸福的男人。新婚旅行可以乘船，到我的橡胶公司所在地婆罗洲打猎去吧。我将使你的生活为之一变！一个明朗而有希望的人生即将开始。

繁子 啊，她虽说痛苦，但内心还是喜欢你。

绫子 不行……我不要……

小寺 我可不是个说话不算数的人。

绫子 不行……不行嘛。

小寺 为什么？为什么不行？

绫子 （郁闷地）眼下，我把支票还给你。我这一生再也不愿看到你。

小寺 说来说去都是一样的话。

绫子 不，不是一样的话。请你弄明白。（一直盯着小寺）我和你之间，不存在金钱问题。

鹿子木 （绝望地）那么说，你还是……

小寺 阿绫!

绫子 哎,你只管喊我阿绫好了,我答应你这样做……不过,请你好好想一想吧。一派白雪般的杜鹃花丛上,朝阳照射下来。白色的杜鹃花犹如少女涨红面颊,我一生都不会忘记今天的早晨。子爵去世的早晨,小寺先生,我被你紧紧抱在怀里的早晨。生与死变得那么亲近,又是我被生拥抱的早晨,而我过去,却是一直待在死亡一侧啊。这样的早晨,即使想忘掉也是不可能的。你也一生记住它吧。白色的杜鹃花瞬间沐浴在晨光之中,遍染薄红的早晨。人间一生很难再遇到这样的早晨了。

小寺 那么,你……

绫子 好吧,再见啦。这样的早晨,并非每天都有。

小寺 啊,你仍然尽说些漂亮话。子爵死了,一切表面的漂亮都被毁掉啦!

绫子 是的,然而,我始终立志生活在体面之中。

小寺 (长久地)我明白了。(收起支票)好吧,失陪了。再也不会相见啦。

绫子 再见。

小寺 再见。

鹿子木 小寺先生,请带我去婆罗洲吧。我对旧世界已经厌恶。绫姐，我只把美丽的你藏在心头。我将去遥远的地方，开辟新的人生！

绫子　你还年轻，去吧。

鹿子木　小寺先生，拜托啦。

小寺　好的，我接受你。

鹿子木　谢谢。

繁子　小寺先生，你不想同我结婚吗？我已成为一介草民了，你到哪里我就跟你去哪里。

小寺　谢谢您的厚意，但我还是婉言拒绝。我讨厌草民这类人。

繁子　啊，为什么？

小寺　为什么？因为我就是草民。

　　　　〔小寺和鹿子木撇下呆然若失的繁子，踏上花道[1]。

绫子　再见。

小寺和鹿子木　再见。（退场）

繁子　啊，好困啊！细想想，从昨天起就没有合过一次眼。绫姐，找个房间让我睡一下吧。

绫子　请自便。

1　歌舞伎剧场连接舞台、纵贯观众席中央的通道，供观众为演员祝贺、送花，或上下场使用。

繁子 好吧，回头见。哦，真怪，为何感到这么困呢？……（说着，走向下首。鸟鸣喧嚣。绫子独自一人，站在池畔，凝神静思。管家山口自下首上）

山口 夫人，您来这里了？早安。

绫子 早安。

山口 何时用早点呢？

绫子 （手里紧握遗书）你什么也不知道吧。

山口 啊，出了什么事？

绫子 算了。对了，早餐还是平常的时间。殿下也……（暗泣）殿下回头还要休息的。

山口 好吧，还是寻常时间……

绫子 一切都照旧吧。就这样走下去吧……

—— 幕落 ——

早晨的杜鹃花

作者的话

关于《早晨的杜鹃花》

寄自遥远的美国东海岸旅馆的信。一到美国，就发现旅馆及古老的富豪宅邸等，富于维多利亚王朝式样、具有十九世纪趣味的建筑实在很多。自认为现代人的大众，不屑叫一声维多利亚风格，直接冠以 ugly[1] 一词，称为"丑陋的维多利亚式样"。然而，依照日本人看，这种风格象征古代西洋，最引人怀想，绝不是什么 ugly。《早晨的杜鹃花》就属于这种维多利亚王朝风格的戏曲，一幕古色古香、洋溢着十九世纪趣味的戏曲。

歌右卫门丈[2] 说过，使得漂流于身边的氛围原样复活，自然就会出现此种戏曲所追求的表达手法。幸获配角演员伊志井宽，还有长冈辉子女士等。我从纽约的天空送上一份祝福，愿这个班底获得成功。

[新派蓓蕾会共同演出日程，昭和三十二年（1957）八月]

1　英语：丑恶。

2　袭名歌舞伎演员，此处疑指五代目（五世）（1866—1940），明治到昭和年间活跃于舞台上。1875 年（明治八年）被四代目中村芝翫收为养子，名为儿太郎。经福助时代，1911 年（明治四十四年）袭名歌右卫门。近代代表花旦演员，梨园名声远播，迷倒一代观众。"丈"是对歌舞伎演员的尊称。

蔷薇与海盗

ばらとかいぞく

—人物—

枫阿里子 三十七岁

枫千惠子（阿里子的女儿）十九岁

枫重政（阿里子的丈夫）四十五岁

枫重巳（重政的弟弟）三十九岁

松山帝一 三十岁

额间（帝一的财产代理人）五十岁

勘次 六十三岁

定代 六十岁左右

芹子 二十四五岁

地利子 二十四五岁

第一幕

[童话作家枫阿里子家客厅兼卧室。中央内里是挂有窗帷的出入口。上首有玄关入口。一侧是窗户。上首舞台边有通向二楼的楼梯。舞台中央有椅子、桌子等。下首舞台一端有连接庭院的通道。下首有宽大的窗户，窗棂下是靠壁沙发椅。这扇大窗户，平时关闭悬挂窗帷，但窗帷开与闭，会使得情景为之大变。因此，为了使得这副窗帷闭合期间，不太引人注目，周围统一装饰成与壁纸相同的色调与花纹。

[幕启。上首玄关"叮铃铃叮铃铃"，传来童话般鸣钟的铃声。中央窗帷拉开，千惠子身着银灰色怪异的吊钟式少女服装出现。她走到玄关，将客人帝一和代理人额间让进房间。帝一俨然一副贵公子派头，身穿双排扣西服；额间穿一件旧西装。

帝一 您就是尼凯尔小姐，对吧？（三十岁了，依然孩子口气）……瞒也瞒不住的。我都知道。您是尼凯尔小姐。哎，笑了。肯定是尼凯尔小姐。（对额间）瞧，额间，正如我所说的，枫先生所写的故事都是真的。到这家里一看，尼凯尔小姐不就在这里吗？（进一步热情地缠着千惠子）刚才按门铃，"叽哩咕隆哗哩，叽哩咕隆哗哩"，那声音就像歌曲《月光庭园》的音乐。哎，对啦？是你肚子在叫吧？（即刻伸手按压千惠子裙底的下腹。千惠子大吃一惊，立即逃避）不要叫啦！好奇怪哪。干嘛老是叫啊？啊，我懂啦。我一按压玄关的门铃，在这里你的肚子就会叫。那么我再去按按看。（说罢立即奔向上首）

千惠子 （急速地）对不起，到约定时间了。母亲……那位先生还没有回来，今日出去旅行之前，整个上午都忙着去录音了。

额间 （语调同样急速。两人对话期间，继续有"叽哩咕隆哗哩，叽哩咕隆哗哩"响声）哎呀，我们等着，您母亲旅行前大忙之时前来打扰，实在添麻烦啦。（语调阴郁）再加上这个孩子不懂礼貌，得罪了。不过，他倒是没什么恶意，就请原谅他吧。三十岁的人了，说话大大咧咧，依旧是那么天真无邪……

千惠子 不，不必担心。我已经习惯如何对待那些不太正常的客人了。

额间 我作为他父母的代理人，一直跟他一起行动……（死死盯着千惠子的服饰）你为什么要穿这种衣服呢？

千惠子 是母亲……啊，就是那位先生的兴趣。或许从宣传效果来说，可以让人更快地理解。

〔帝一飞跑回来。

帝一 响了吗？响了吗？我按了很长时间啊，声音听得很清楚。（说着又毫无顾忌地摸女人裙子）这里头肯定响了吧？

千惠子 （微笑）是的，响了。

帝一 （对额间）确实是她的肚子响吗？啊？"叽哩咕隆哔哩，叽哩咕隆哔哩。"

额间 （厌烦地）是的是的，响了响了。

〔千惠子向额间示意，离开中央窗帷。

额间 （异常冷淡而严酷的口气）坐下吧。

帝一 是。（坐在椅子上。额间也坐下来。——片刻）

额间 枫先生马上就要回来了，你要懂礼貌，老老实实待着。（"喊喊"，不断咂磨白齿）又把看牙医的时间给耽搁了。

帝一 你额间的身体不是这里不好就是那里不好，看来肯定有扎拉扎拉恶魔附体。

额间 扎拉扎拉恶魔？

帝一 这个也出自枫先生的童话。据说人在发怒时，会有浑身布满大大小小棘刺的魔鬼迅速进入肝脏，兴风作浪，制造各种疾病。

额间 （旁白）唉，这种故事能不能写给小孩子读呢？（对帝一）不过，帝一君，假若你能像《尤加利森林里的少年》[1]里那个男孩子，要降伏这种妖魔不需费吹灰之力。

帝一 我不会理睬那种小人物。尤加利森林的那个少年算得了什么？我要牵着我的小柴犬马福，前往南美密林。密林里的天空泛着紫色，蔓草一派通红。悲鸣而死的大鸟的尸骸，缠络着无边的蔓草。狗瞄准死鸟跳跃上去就是一口，于是，大鸟美丽的红绿相间的羽毛，纷纷散落，沾满狗的全身。爱犬马福宛若鹦鹉般的小狗。

额间 瞎说些什么呀。

帝一 通过马福的嗅觉可以预感不久就会是大海的景色。理应是森林的尽头，它闻到了潮水的腥味儿。所以，它也能分辨出海盗的气息。什么是海盗？海盗就是那

1　英国颓废派作家劳伦斯（D.H.Lawrence，1885—1930）创作的小说。主人公杰克·格朗特因违反校规被农业学校开除之后，怀着"罪犯"的心情，托亲戚帮助前往澳大利亚农场劳动。从此脱离经"文明"污染的现代社会，一心投入原始无垢的自然——尤加利（桉树）森林，决心通过原始森林中的体验，修炼自己内心精魂。表现了文明社会与原始野性生态的矛盾。堪称劳伦斯最富争议的作品。

些浑身散发着血腥，杀人越货，携带众多金银财宝、短剑油与骷髅头、皮带和女奴的家伙。那味道很像是节日的气息，就像不小心掉落在蔷薇园里红烧肉的香味儿……这么一来，马福过于接近了，不小心做了俘虏。海盗们将爱犬马福误认为是鹦鹉，装进鸟笼，吊在桅杆上。当月亮升起时，马福唱起悲歌，望着漫天朝霞流泪。

额间 ……是的，是的。因而，少年尤加利只身游过大海而来，从海盗船上救出了马福。不对吗？

帝一 （兴奋地站起身子）对呀，对呀！少年尤加利挥剑向海盗砍去！

额间 骄傲的短剑！如今，那支短剑在哪儿？

帝一 （愕然，搜索自身，露出绝望的神情）……

额间 瞧，哪里还会有呢？（说罢，从自己内衣口袋里掏出短剑，用手指摆弄着）呶，在这儿哪。嗜血成性的东西……（帝一面色苍白，呆然伫立）怎么样？你老是忘却，真叫人头疼。要是懂规矩，你就老老实实坐下来。（帝一听话地坐下）好，坐下别动。（额间收起短剑）再也不要忘记啦。

〔过了一会儿，突然自上首传来剧烈的哭声。女流童话作家枫阿里子，翠袖掩面而上。

枫　哎呀，怎么办呢？好可怜啊！好可怜啊！实在太可怜了呀！瞧那躺在路上的姿态，唉！（啜泣）

额间　（站起）怎么啦？哎呀，是枫先生。帝一君，先生回来啦。

帝一　哦，先生。

枫　哎呀，有客人啊？真不好意思，太难为情啦。怎么办呢？千惠子！在哪儿呢？哎呀，这可怎么办呢？（离开中央窗帷口）

额间　（坐下来）哎呀，哎呀，这里的先生也相当不容易啊。

帝一　（依然站立）先生她怎么啦？

额间　（冷淡地）好啦，快坐下吧。

帝一　（坐下来，低声地）先生，到底怎么啦？

额间　你问我，我怎么会知道？老实待着，别动。

帝一　嗯。

　　　　[过了一会儿，千惠子自中央窗帷口上。先前的衣服罩上一件围裙。端来茶点。

千惠子　上茶晚了，对不起。眼下，先生回来了，显得很激动。

额间　唔，为了何事？

千惠子　不，不为了什么。据说在靠近自家的道路上，一脚绊在被汽车撞死的狗的尸体上，摔了一跤。

帝一　啊，马福！（有些坐不住了，经额间用眼色制止，又不情愿地坐下）

额间　就是府上的家狗吗？

千惠子　不，是不知哪儿来的野狗。先生这个人非常敏感，不管看到什么，都一概给予同情……眼下还在汶澜不止。嘴里叨咕着：可怜啊，可怜啊……

　　　　[枫阿里子自中央窗帷口上。她虽然不住拭泪，一旦朝向俗尘则面带微笑。

枫　啊，欢迎，欢迎。是松山帝一君吧？还有额间先生，对吗？衷心欢迎你们的光临。不知为何，家里预先没有得到任何消息。好吧，请随便吧，请，不必客气。（说着，她自己也坐在椅子上。千惠子下）她可能都对你们说过了，情况也都知道了吧？真可怜，真可怜！我已经……不过，现在好了。脸上的表情也开朗多了，对吧？其实啊，我正在哭的时候，突然想起一个非常幸福的故事，那可是非常的幸福！啊，我可以说说吗？那条死狗，它到天堂去啦，它要开办一片点心店。每天，一边上班，一边吃自己店里的点心；一边打瞌睡。醒来，双眼惺忪，"汪"地大叫一声。再吃店里的点心，再打瞌睡。你看，多有意思！而且，好不容易清醒过来，数一数点心，不是 one，two，three，而是"汪、汪、汪"……

帝一　汪、汪、汪。

枫　是的，汪、汪、汪。哎呀，三声还不满足。天堂里想是没有小偷吧，可真叫人感到莫名其妙。（微笑。帝一的笑声与之应和。额间不笑）

帝一　那条狗确实不是马福吧？

枫　马福它自然是又健康又活泼啦。

额间　对不起，我还没有说明这次来访的缘由呢。其实，帝一君很喜欢阅读先生写的童话故事，书籍自不必说，就连广播、电视中，先生的谈话也一次不漏地观看倾听。先生的这位粉丝，怎么说呢？比如说，他很想做一次先生童话书中的主人公——少年尤加利。为此，很想找时间直接前来拜访先生，聆听教诲。甚至做梦都念叨不停。所以嘛，这样一个人既不是大人又不是小孩子，很想让他前来一次。正巧有人主动介绍，日前获得先生的许可，今日来访，百忙中给您添麻烦啦。

枫　哪里呀，您太客气啦。火车十二点半从东京站发车，时间还很充裕，再说，我对很早就想和我见面的帝一君一直很感兴趣啊。当今时代，保持纯洁的童心三十年不变的人，哪里会有？单凭这一点就值得尊重。还有比纯洁更加美好的资质吗？

帝一 （突然）哎，先生，打今日起，我想住到您家里，可以吗？

额间 你！帝一君，你都胡说些什么呀？

枫 啊，那也未尝不可。这就是童心的美丽、可贵，以及对于被人们忘却的故乡的憧憬。但是，帝一君，你还是冷静地多多阅读我写的童话为好。你先进入童话的国度，在那里生活下去，这才是最佳的方法。我的家只不过是一个极为平凡的家庭，一旦住下，不撑一天你就会感到失望的。

帝一 我绝不会感到失望。我，就是少年尤加利！我永远充满勇气。更何况这家里有一位尼凯尔小姐。爱犬马福躲到哪儿去了？是否藏在哪儿了？（边说边指着下首的大窗户，那里的风景被严密地闭锁在窗帷之外。他站起来，打算拉开窗帷，枫慌忙走过去，制止住帝一，不让他接触窗帷）

枫 不行！不行！在这里，有的东西你不能观看。你要是看了，就会终生沉溺于梦中，出也出不来。我的庭院里，不允许八岁以上的孩子进入。

帝一 不过，我已经八岁了。

枫 不行，帝一君，必须听从童话家阿姨的话呀。（帝一老老实实点了点头，坐到椅子上。枫站在帝一身后，不住摆弄他的头发）比起别人来，你更加长久地生活在梦幻里。今后，你总会有清醒的时候。你的清醒，将会比别人更困难，更艰苦。这也是没办法的事。只有这样，你才能更加彻底而永久地生活在幸福的迷梦之中。沉溺于梦幻，会招来毒害，假如一直不醒过来……（此时，额间正在阅读大开本杂志）

帝一 先生，为什么要醒过来呢？

枫 你是尤加利少年呀，尤加利少年很勇敢，醒来之后，可以除掉缠在身体上的蜘蛛网。

帝一 尤加利少年之所以那样勇敢，不就是因为生活在梦中吗？

枫 啊，看来你一点儿也不傻，我这么跟你说，就会明白的。在我的梦幻之国里是需要通行证，也就是护照的。而护照只发给没有清醒的未到八岁的儿童，或者十分清醒而活得疲惫不堪的人们。你已经不是儿童了，但还没有清醒……

帝一 也就是说，我没有资格住在这个国度里。

枫 是的。很不幸啊。（此刻，下首远方传来人的脚步声）啊，正好那两位回来啦！勘次和定代。他们会对你说明是凭着何种资格住在这里的。

　　［活得疲惫不堪的两位中老年勘次和定代自下首进

　　　来。勘次身穿古旧西服，定代穿着劳动裤，围着围

　　　裙，手里拿着一把笤帚。

枫　辛苦了，全都干完了啦？

勘次　是的，全都修理好了。定代也都扫得很干净。真

　　的，星期天早晨站在院子里，浑身内外，就像水洗一

　　般洁净。不看看吗，先生？（正要拉开窗帷）

枫　（慌忙制止）算啦，算啦。你还是照例给客人讲一讲

　　自己的身世吧，还有你是怎么到这里来的。

勘次　好的，好的。这事儿好办。（说着就像死背书本一

　　般开口了）我叫泽村勘次，今年六十三岁，尝尽世上

　　所有的心酸。三岁时父母双亡，经悭吝的继母一手养

　　大成人。整天价不给吃饱饭，一直饿肚子。邻居阿姨

　　看我可怜，把家里孩子吃剩的面包给我吃，有一天果

　　子酱坏了，因而大病一场。继母认为如此孱弱的孩

　　子，不能留在家里，就把我赶出家门，一个人在街道

　　上来回转悠。

　　［此时，定代掀起围裙擦擦眼睛，哭泣起来。额间

　　　也很有兴趣地望着。

定代　实在对不起。我一听到勘次讲述自己的身世，就忍

不住流眼泪。

勘次　我一个人孤独地走着。（一边拍手，一边和着节奏吟咏了一首俳句）

可怜小孤儿

走来走去到哪儿

今年九岁了

勘次　父母一东一西。

定代　见不到面的个人之旅。

　　〔二人同时发声。

勘次　途中遇到小偷的头目，一个身个儿矮小的孩子。他教给我一套扒窃技术。啊，客人，我只要列出我所到过的场地就足够了。野外露宿当枕头的圆形岩石、乡下电车生锈的铁轨、生长茂盛的荒地野菊、市民混杂的贫民窟、警察审讯室、少年感化院[1]、少年感化院、少年感化院。连着去了三回，那是因为逃了三回，进了三回。尽管如此，我还被抓去当兵，回来之

1　少年犯改过自新的福利设施，经犯罪少年父母申请而入院。1933年（昭和8年），因制订通过《少年教护法》而改称少年教护院。1947年（昭和22年）《儿童福祉法》制定以后，依然称为教护院不变。

后，又找门路多次走私毒品。啊，我从未吸过毒，这是我一生中唯一的骄傲。我所干的，通过这一手，使得好多人都变成了废物。毒品洁白、高贵。这是美丽的毒品。是呀，多么美丽的毒品。那就像白色而极小的不祥的鸟儿，悄悄地，火急地，从一个人手里飞向另一个人手里。然后，丢下一枚光闪闪的金币。毒品又像是洁白而华奢的女用手套，从夜间小路滑向夜间小路，到头来，将戴手套的人的手消磨得只剩皮包骨头。毒品又像是不会融化的白霜，含着火焰的霜，夜间偷偷放置，随将以往地上丑陋的景色，变成一片单色的银白。

枫 你又绕弯子啦，不要扯远了，快点儿往下说吧。

勘次 好的，好的。实在对不起。接着，又去坐牢。出狱后，做了一位窑姐儿的情夫。这位窑姐儿来自乡下，来到城里一心想卖个好价钱，一个偶然的机会，我和她一起组织了家庭。这位小冤家出落得像一颗红草莓，透着几分狐仙气，我真想把她放在舌头尖儿上，一口吞下去。谁知半年后，这姑娘，我的爱妻死了。（再度拍手）

可怜野草莓

被雨打落退了色

勘次　弥留之际没有话。

定代　最后遭马踏。

　　　　　［二人同时发声。

勘次　这个妻子留下的儿子，再度遭受继母的虐待，三岁时，最终病死在继母手里。还有，后妻生了个男孩，我把这个男孩杀了。我把他杀了。那孩子的刺青牡丹血红一片，看上去宛若盛开于晚霞之中。儿子的刺青鲜红灿烂，变成一幅"锦绘"[1]。牡丹乌青色的叶子映照着鲜红的花朵……是的，我是从背后出其不意地猛然一击。

帝一　是用短剑吗？

额间　（伸手向内衣口袋）是啊，是用短剑。

　　　　　［帝一回头看看额间，感到恐怖，默然不语。

勘次　判刑二十年。出狱后成了可怜的叫花子，乞讨为生。后来，好不容易跟人学习修理钟表，回忆起做小偷的一双手指，成为一名熟练的钟表修理工。然而，每当想起自己的一生，心情总是为凄凉的过去所

――――――――――――――――

1　木版套色版画。

折磨。好歹熬到今天，几次想死都未能成功，正是这时，一件偶然的事情，使我开始收听先生的连续童话广播。

定代　可不是嘛。我也同时被拯救了。在这以前，由于我一直受苦，儿子孙子都离我而去。我在做大楼清洁工期间，突然听起先生有趣的童话来了。

勘次　先生的嗓音亲切动人，啊，一则则美丽的童话，渐渐渗入孩子们梦幻的心灵……

定代　那是小鸟、动物、小矮人和小妖怪们，和睦共处、亲切对话的世界。

勘次　那些都是我孩提时代没有经历过的或忘却的愉快回忆。我坚持收听先生的童话，自己没有的记忆，也当作了自己的记忆……

定代　是啊，污染的心灵受到一番洗涤，痛苦的一生化作一场春梦。

勘次　极力忘掉个人的悲惨，一心沐浴在月光之中……自己所犯下的一切罪行，宛若童话里的笑谈一般。

定代　马福呀，尼凯尔小姐呀，我们全都是朋友。从此，幸福的日子终于到来啦！

勘次　我也回到孩童了。不，我从来没有过普通的孩童时代，而今我才成为一个孩子。

定代 勘次君，我也一样。如今才是一名满是皱纹的幸福的小孩子。

勘次 从此以后，我就每周到先生家里来一次，帮助修理钟表。同时，这也有利于我自己提高技术，所以属于免费服务。

定代 我也一样。每个星期天，前来免费打扫庭院。

额间 哦，不要钱吧。

定代 不不，先生说要给我津贴，我谢绝了。我觉得我这样做很好，生活得比任何时候都有意义。

枫 谢谢。你这么说，我也很高兴。好吧，请到厨房给我倒一杯茶来。实在劳你驾了。

定代 哪里，别说倒茶了，已经添麻烦了，服务必须像服务的样子。你说是吧，勘次？

勘次 那当然，那当然。好吧，我不再打扰客人了，尽早回去了。

定代 失陪了。先生，谢谢您啦。

枫 是我应该谢谢你们。下回再来。

勘次 会来的。好吧，再见！

定代 先生，做一次愉快的旅行吧……

〔两人离开上首玄关而去。枫回到椅子上。

枫 实在是两个快活的人啊。

帝一 是吗？我可不这么想。

额间 行啦，帝一君！我们也该告辞了。

枫 再坐会儿吧。我对帝一君的态度很感兴趣。好吧，请说说看。他们哪点做错了呀？

帝一 做错了？这个我不知道，先生是真心讨厌他们的吧？

枫 呀，为什么？

帝一 先生是厌恶的，我很清楚。就像对待那些饥饿的人，给他们吃点心糊弄一番，您实际是讨厌他们到梦之国来的啊。

枫 其实，他们还是有资格来的呀。

帝一 先生是专为自己所讨厌的人发入门证的，是吗？

枫 哎呀，你怎么这样说话！

帝一 （随手撕下一页杂志，卷成纸筒）这好比人的一生，（两手分别握住纸筒两端）先生就是这么握在手里。一端是小孩子，一端是疲惫归来的老年人。这么一来，因为先生握住了出口和入口，这就等于将一个人全部握在手里了。但我们都是从外面来的，犹如从火星或一同迸发的众多小小星辰上的天外来客。

枫 我写过那种星的名字，也写过星星上居民的故事。

帝一 先生真正喜欢的是火星人或迸发出来的小小星辰的

人吧？

枫 哦，你怎么知道的？不过，这个世界本来就没有
例外。

帝一 我就是。

枫 你一个人不觉得寂寞吗？

帝一 我是尤加利少年，一直独自行走。我来自奇妙的星
辰，坠落于密林之中。我披荆斩棘钻出森林，走向
大海。

枫 我有时也很想走向大海。

帝一 大海里有许多奇怪的鱼跳跃，月影里鳞光闪烁，看
起来宛若浮现出无数铠甲，镶满宝石的铠甲啊。

枫 如果你不爱人，帝一君，你不爱人……

帝一 为什么必须爱人？

枫 我应该写过这个"为什么"。

帝一 我喜欢童话。先生喜欢"为什么"。

枫 你的问话，使我头脑混乱起来。其实，说真的，我或
许也厌恶这个"为什么"。然而，我一旦厌恶，世界
就会整个翻转呢。

帝一 即使世界翻转，那也没有什么关系。

枫 不是没有关系，帝一君，这个世界啊，就像盛在容易
泼洒的盘子里的汤，必须小心翼翼捧持着盘子的边

缘，免得泼洒出来。

帝一　哈，热汤全都泼洒出来，那才叫畅快哩。这样一来，地面上随处都可以看到毛毛虫、苔藓花、野菊花，还有疲惫爬行的蜈蚣、纸烟头，这些东西都在香甜地吮吸着地面的残汤。

枫　这些东西，帝一君，总归也是要君临于汤盘之上的。

帝一　不论热汤泼洒多少次，但每次都会腾起汤雾。就连站立于黎明中的街灯，也贪婪于汤雾的馨香，馋得一直咽唾沫。

枫　啊，我实在不会和你争论呀。

帝一　然而您很会说话，您应该把他们都赶出去才好。必须把那应用扫帚扫出去！那位老奶奶的扫帚，只是用来打扫院子。

枫　请你谅解，我的扫帚也只是用来干这个的。

帝一　先生的扫帚不一样，但却是带有魔性的扫帚。

枫　你是个危险的人物，你让我自高自大。

帝一　海盗船将要扬帆出海了。请想想吧，朝阳里金光闪闪的船帆，看上去就像堆满一嘟噜橘子的巨掌。那船帆又像是一只白色而顽健的大手，冷不丁猝然伸出海面！在海水里，洁白的手臂看上去玲珑剔透，腕子上烙印着深蓝色的锚的刺青。这样一来，这只手掌手指的骨头，就像运动员的指节，会发出"嘎巴嘎巴"的声响。

枫　那只手掌的帆船，抚慰着风暴，遇到风平浪静，自海面的各处，呼唤邀集着熟睡的微风。

帝一　睡在珊瑚礁上的微风们……

枫　在海葵的花丛中，像蜂子一般往来蠕动的微风们……

帝一　在椰子叶丛里慵懒怠惰的微风们……

额间　（低声地）哎呀，哎呀，真无聊啊。

枫　我们已经安全啦。海盗们做了俘虏，关押在船底了。

帝一　听，幽暗的船底传来铁索的响声。那些锁链套在海盗脖子和手足上，正如学校布置的暑假作业，交混缠绕，令人心烦意乱。软弱的海盗，胆小的海盗！

枫　他们一旦威风扫地，就会晕船得厉害……

帝一　是的是的。那帮家伙们呕吐啊，呕吐啊。随将所有的东西，从抹香鲸身上采集的香料也好，金币也好……他们的膝盖上，吐出的东西，犹如圣诞树上密集的饰物，缀满枝头，闪闪烁烁。

额间　（稍稍提高嗓门）真无聊啊。

枫　啊！已经不行啦，帝一君，你不要再把我引向远方。你很危险，对于我来说，你是个危险的人物。你不能再到我家里来了。

帝一 我哪里都可以去，就连众多的云彩举行会议的那条水平线，我也到过……您也可以同我一起去。只要我能永远待在先生的身旁……

额间 （大声地）真无聊！到时间了，帝一君。告辞了，先生还要去旅行吧，我们不能再打扰您，给您添麻烦啦。

帝一 不，额间，我，不想回去。

额间 告辞了。来，快说"再见"呀。

枫 这样也好，帝一君，就这么办吧。这样挺好的。

帝一 不过，我……即使说"不行"……

额间 （一只手抓住帝一的腕子，另一只手示意伸进内衣口袋）你要干这个吗？

帝一 啊……（忽然气馁起来）那么，还是回去吧。

额间 回去是当然的事。那好，对先生道声"再见"……

帝一 再见。

枫 （珠泪盈眶）再见，你到我家来的日子，我一生都不会忘记。

帝一 再见。

额间 好的，我们实在打搅您啦……

枫 （呆然而立）再见。

　　［两人前往上首，留下枫一人，茫然若失。身着寻

常毛衣的千惠子，两手提着西服，从中央帷幕口上场。

千惠子　该出发了，还是早点儿准备吧。手提包放在门口了。

枫　好的，请帮我一下吧。

　　　〔千惠子将手提包提到上首，立即回来。

千惠子　真是个难以对付的客人啊。

枫　不，他是个很难得的客人。他的话听着听着，我的inspiration[1]就点燃起来了。这是从来没有过的……其实，哪怕只有一次也好，只是这么一次。遇到次数多了，我就不再是我，我就会被全部架空。

千惠子　（撮起客人吃剩的点心）如母亲一般的人，总是对白痴青年具有的劣等感觉得不可思议。

枫　面对一个天真无邪的人，不论谁都是失败者。

千惠子　哈，他还天真？卷起我的裙子看个够……

枫　哦，他干那种事啊？

千惠子　他说我是尼凯尔小姐，肚子里在叫，他要查一查。

枫　什么？他这么想。太好啦，我真正放心了。

千惠子　放心得太早了吧？他还说，所有的男人都是坏

1　英语：灵感。

蛋，不干不净。这种口口声声教训人的究竟是什么人？还说没有一个例外。

枫　说不定他本人也许就是个例外。

千惠子　哦，您可是一个劲儿护着他呀。

枫　你瞧，不是很奇怪吗？我看到被轧死的狗的尸体，回到家里，一边流泪一边面对那个人时，过去头脑里关于不幸的狗的一生，刹那间转化为无比幸福而光明的故事了。以往，我考虑的是这样的，那条狗无法继续忍受自己悲惨的生涯，不安于被人饲养的命运，干脆钻到汽车轮子底下被轧死。

千惠子　动物也会自杀，对吗？

枫　啊，你没有一点儿幻想力，真幸福啊。

千惠子　我的出生就是母亲幻想力的赠礼，对吗？

枫　我马上就来谈这个。没关系，无论谈什么都行。不管说什么，对你总是有好处的。

千惠子　或许都是好的。总之，可以由此而抓住憎恶的原因。

枫　你不要提及那些可怕的话题。你指的是谁憎恶谁？

千惠子　母亲对我呀。

枫　不要瞎说，千惠子！

千惠子　自打我被杂志当作新闻人物拍照片的时候，一直都是尼凯尔公主的装束。是的，我都是老老实实一副疯子的打扮。

枫 不过，你最初不是又喜欢又高兴吗？

千惠子 嗯……是很高兴。因为我知道这是妈妈为了讽刺的企图，是你留给这个世界唯一的龌龊的回忆。扮成一个清纯的童话的人物，使世间的眼睛都错乱起来。总之，作为童话作家，面对一个世界，当不能投去成年人痛烈讽刺的日子，那是无法保持心理平衡的！

枫 如今，出外旅行之际，当地的孩子们都伸长脖子眼巴巴等着参加童话的巡回讲演。偏偏在这关键时刻（说着说着伤心地哭了）欺负自己的母亲。

千惠子 您的眼泪产生童话。枫先生，听说泪珠会变成五彩玻璃球而跳出什么的……

枫 我知道，你想早点儿嫁人，过上平常人的日子。

千惠子 我不会捷足先登。总之，我目前只是枫先生一名忠实的秘书兼女佣。

枫 不管怎样，我都是巴望你清纯地恋爱，清纯地结婚。

千惠子 又来了，那么说，我只能同帝一君结婚了。

枫 不要瞎搅浑嘛。

千惠子 搅浑？他不是唯一的例外吗？

　　　〔——有点儿得意。

枫　啊，不能这样。地方上可爱的孩子们，都希望我亲自给他们讲解尤加利少年和爱犬马福的故事。一提起那些小听众们专心听讲的可爱的小脸儿……

千惠子　啊，和我的面孔很不一样吧？

枫　人的长相各种各样。请你不要再欺侮我了。在家留守期间，等着爸爸和叔父重已回来。他们都像个大孩子啊。

千惠子　只是为所欲为的这些地方像孩子。

枫　那不好吗？爸爸爱吃虾子，而叔父不喜欢。叔父爱喝威士忌，爸爸爱喝干邑白兰地。而且，尤其爱对女宾献殷勤。

千惠子　是呀是呀，只要童话集能畅销，再有四五个吃闲饭的也没关系。

　　　〔娘俩正要走向上首玄关，玄关门铃响了。

枫　是谁呢？正要外出，又有人来。

千惠子　不一定，或许是爸爸早晨回家了。（说着走出门外。阿里子丈夫枫重政上）

重政　呀，早上好。

枫　早上好。我正要外出呢，不在家时，请多多关照。

重政　哎呀，这方面我负不起责任呀。

千惠子　妈妈一早就将广播录音和一组听众编组好了。

重政 好呀好呀，那太辛苦啦。星期天一大早，真是。

千惠子 爸爸还能记挂着星期天？

重政 不要说这种噎人的话嘛。那么，阿里子，祈祷成功吧。

枫 谢谢。好，我走了。（前往上首）

重政 （喊住千惠子，低声地）昨天晚上，重巳叔叔住在家里吧？

千惠子 嗯。他还在呼呼大睡呢。

重政 怎么……你曾注意过他？

千惠子 没有，没什么。

重政 哎……

千惠子 我先送妈妈到出租车停车场，马上就回来。（向上首走去）

〔重政在室内走来走去，看见撕去一页的杂志，拿起卷成圆筒状的纸筒。此时，重巳——重政的弟弟——从楼梯下来。

重政 啊，早安。

重巳 早安。哥哥早晨回来的？身体还好吗？

重政 就连公认的早上回家的家伙也很无聊。

重巳 您很不服气啊。（随即身着便服，就地坐在楼梯中段，开始抽烟）

重政 不谈这个，昨晚怎么样呢?

重巳 ……

重政 我问你怎么样。

重巳 不怎么样，别提了，不成体统。

重政 哦?（深感失望）去了外国十五年，依旧这般束手无策。

重巳 说起墨西哥，女人终归是女人。巴西也一样。不，就连西班牙，也是如此。然而在日本，有些女人确实很稀少。

重政 那种难得一见的格外优秀的女子，我不是早就跟你说明了吗?

重巳 哥哥您也是个少有的格外优秀的男人啊。

[重政哭丧着脸，沉默不语。

重巳 总之，昨晚一整夜难以入睡，我的头脑里，闪过二十年前那个夏天的夜晚，我被再三驱赶，就像灯罩上的金龟子，飞来飞去没着落。

重政 你认为是我的关系吗?

重巳 谈不上谁的关系，那年我十九岁，哥哥您二十五岁。本该具有辨别能力的哥哥，对于我这个像捏糖人看待人间和世界的青年来说，趁着我的兴趣，竟然干了一连串连我都干不出来的事情。

重政 我当时只顾想着，只有干过一桩坏事，才能把握一生的自信。

重巳 作为一个二十五岁的男人，这是个迟来的决心。总之，太迟了。

重政 正因为太迟，报告也晚了。

重巳 多半是哥哥自己向自己报告。

重政 啊，经你多次说明，我才弄明白。

重巳 嗯，好了。这个……这是二十年前的一个夏夜，我们吃罢晚饭，到公园散步。不知为何，风华正茂的一对兄弟，一起去公园散步。

重政 两人还不是感到无聊的时候。只能是这个原因。再加上我从大学英文科毕业后，做了大学研究室助教，老是害怕明天会不会被拉去当兵，或者明天就会下来红纸入伍通知。心中老是忐忑不安。

重巳 我想绘制一幅世界级的油画，买了画布和颜料。保持画布原有的洁白。趁着画布洁白的时候留下希望。啊，说起对付女人，我比哥哥更有办法。

重政 我当时经过三次恋爱，有点儿厌倦了。

重巳 可不是，我们一边行走一边吵架。哥哥对女人太娇惯，实行什么人道主义，简直太愚蠢。我说起这事，带着嘲笑的口气。

重政 你的主张不把女子当人对待。不过，我口头上虽然反驳，但肚子里却认输了。想想我都二十五岁了，已经渐渐远离青春而去，实在可怕啊。

重巳 我们坐在公园的椅子上，纳凉的人们时时打眼前通过，哥哥瞧不起他们的那番心境。那些人究竟是耐不住夏季的酷暑，还是受不了家人紧贴肌肤的溽热，就连他们自己也搞不明白。

重政 （苦笑）你记得很清楚啊，都是些琐末细事。

重巳 其中，有个小孩子走到水池边燃放火花。本来光线幽暗的池畔，一经火花照耀，水面上映出细竹板乐器般银白的影像。我们都怀着厌恶的心情凝望着。突然，哥哥冒出一句话："只要我想干，就连强奸都能做给你看！"

重政 ……

重巳 我实在忍不住大笑起来。听到你的话，当时我独自笑了。然后，两人就开始付诸实施。兄弟二人头脑发热，心里只想着为此拼命。

重政 然而，我说出那句话的瞬间，人生也不都是那种糟糕的瞬间啊。

重巳 那是的。今天早晨您和我，已经站在自那天夜间起径直走来的道路终点上了。

重政 （咬牙切齿般地）不要说出结果嘛。

重巳 当时，离开公园回家应该有一条近路。或许上完课要开会，所以晚了。不论如何，反正不是暑假期间。一位穿着水兵服的女学生……

重政 我不愿向那里观看，然而你却自来熟地同她搭讪起来。

重巳 在公园暗淡的光影下，疾步走来的水兵服洁白的胸脯一起一伏，自远处遥望，只能看到那部分。我的语言连续传去了……她的反应并不热烈积极。

重政 （仿佛自言自语）……反应并不热烈积极。

重巳 有过这样的夜晚。人生之中，有过一次犹如从冰上快速滑过的夜晚。

重政 其后，我陷入后悔与恐怖的自责，但求一死。我和你一起，通过世上亲切而机巧的手段，引诱那位女学生上当。那阵子，我的脑袋十分清醒，只想着一件事，头脑里仿佛有个红色的风车在旋转。虽然并不那么饥渴，但一种行为却有着将人拖入地狱的奇异的力量。醉酒般的对话，欣然以心相从的女学生天真的朗笑。我思忖，所谓"恶"，是多么容易做到。"恶"眼见着喜欢同我接近，就像猫儿蹭着脑袋，向我谄媚。

重巳 弄不好，那个女学生自身，或许就是哥哥您人生邪恶的本源。

重政 公园的后山……羊齿苋草<u>丛</u>……你把白手帕塞进女学生口中……

重巳 我感到那种协助，就是我的卓越的恶！

重政 羊齿苋草丛中，泉水般出现的银白之物，夜间唯有白色的东西象征 sex。夏季的白雪。sex 的颜色是白的。其余，尽皆沉没于黑暗之中。

重巳 （突然放声大笑，几乎从楼梯上摔下来）……接着就是，哥哥，接着就是，二十年间的喜剧从此开始了。我本来以为，这种喜剧最多一两年就会结束，结果竟然持续了二十年。这件事真叫人吃惊啊！一个活生生的人，竟然忍耐二十年人间喜剧。（站起身子，推开左首窗户，向外眺望）……嗬，前往郊外兜风的车辆连续通过。他们并不知道这家屋檐下住着一对多么奇妙的夫妇。

重政 人间居住的屋檐下，任何事情都可能发生。

重巳 墨西哥的蓝天下发生的事情，更加真实……啊，但是，哥哥，我还是劝您从自己的喜剧中猛醒。那个夜晚，我们丢下女学生不管，两人逃回家中，第二天一整天，陷入卓越的恐怖与期待之中。因为你我都是罪犯。到头来不堪忍受，半夜里又去看了作案现场。

我们简直吓瘫了，因为遇到了幽灵。昨晚的椅子上坐着昨天那位女学生，一直等待着哥哥您呢。

重政 啊，我望着少女白皙的面孔，自打我出生以来，从未见到过女子如此圣洁的容颜。她就是自己昨夜冒犯的少女！

重巳 那是自幽暗中浮现出来的洁白吗？

重政 那是融化幽暗的洁白！

重巳 好啦好啦，从此以后，哥哥您的盛大的恋爱开始了。女学生很有文才，就像不论哪条街上都有的香烟店充溢于招牌上的那种文才。引人注目的红色小招牌上可爱的文才。哥哥已经倾心尊敬，仅仅接过一次吻，就致使女人怀了身孕。不言自明就是哥哥您的孩子。哥哥一心热衷于男人的责任与爱情，不顾父母反对，同女学生结成良缘……守候到这里，此后我就去外国旅行去了。

重政 接着，你回来一看……

重巳 可不是，无论是谁，都会感到惊讶。那位女学生眼下成为一位著名的女童话作家。而且，哥哥……

重政 啊，我已经丢掉自伤的习惯，若用一个更科学的名称的话，结婚以来，我就是"只有名字的丈夫"。

重巳 从哥哥那里听到这些时，我呀，看到了一对十分奇妙的夫妇……

重政　不过，一次又一次的误解使我困惑。这是因为我爱阿里子，爱她的固执己见，爱她的心血来潮，爱她的纯洁无瑕……我把这些一概当成无价之宝加以珍视。

重巳　爱她的才能，爱她的纯洁，为何成为做丈夫的必要呢？

重政　那是因为，新婚之夜，阿里子明确表示拒绝时，我没有生气，只感到一阵恍惚，蜷缩于阿里子足边。我觉得必须如此。奇妙啊，过了一年之后，又曾想到过还是分手为好。或者觉得她太过平静，或者说不称职。这当儿，某种案件以来，阿里子容许我无限制地出轨，即使把女人拉到家里来，她也不说什么。不过，她也从来不嫉妒，她也没有一个喜欢的对象……

重巳　是这样的！

重政　她依然只爱我一个人。

重巳　说到"爱"，有什么证据吗？

重政　阿里子不是不愿意和我分手吗？她将越发变得圣洁起来。她始终陶醉于孩子般的幻想里，忽而又哭又笑，不断实行自我净化。像一朵洁白的辛夷花，背对蓝天摇曳不止。

重巳　这就是哥哥您想建立"理想家庭"的缘由吗？

重政　啊，我有我的办法。我的证据就是不想从这里逃脱。不光是阿里子，就连女儿也都对我的女友们关怀备至，极为亲切。这家的屋檐下，不居住嫉妒的人。

重巳　正如以往我所反驳的那样，哥哥如今很爱人的吧。

重政　啊……嗯，是这样。我确实很喜欢她的童话和神话故事，这些都超出人类。

重巳　照这么说，却为何委托刚从外国归来的我，干昨夜里那种事？请说清楚有什么难以启齿的秘密。

重政　我想明白啦。我丝毫不认为有什么难为情。

重巳　接受这件事的我，也不认为有什么耻辱。

重政　真是一对好兄弟。

重巳　嗯，一对好兄弟。

　　　〔片刻。

重巳　这么一来，又怎么样呢？哥哥如今听到我没成功，是不是彻底放心了呢？

重政　凭什么道理使我放心的呢？我是不能托付给其他男人才求你的呀。我把二十年来一直考虑的尚未完成的事情托付给了你，结果失败了，我怎么会放心呢？

重巳　看来在这个家里，就连平常的疑问都必须小心翼翼啊。

重政　公然干出荒唐绝伦的事情，而且，我和阿里子是精神正常的夫妇，是应该称为人类史上杰作的超现实的夫妇。我突然对阿里子感觉很羡慕。这个女子为何那样超然？为何那样圣洁？不用说，我曾一度亲眼观察过她的绝对的圣洁，对她十分崇敬……

重巳　哦，莫非是哥哥自我膜拜吧。

重政　喂，听着，万一呀，万一那是个假货，那就等于二十年来我一直敬佩一个假货。那就请人为我做一次实验，务必检验一下到底是真货还是假货。我总是这么想。然而，她对任何一个男人都不肯看一眼……正在这时候，你回日本来了，并且睡在我家里。

重巳　经过昨天一个晚上，我明白了。嫂子是个稀有的圣女。她是个比核桃和石子更为坚固的纯洁的化身。我用尽了在外国生活中所学到的本领，这些对她毫无作用。她既不感到羞耻，也不表示轻蔑。女人的羞耻、轻蔑和尊敬，只不过都是欲望的化装游行。不过哥哥，您对她还是不要太冷淡……这好比喜马拉雅山，假若没有坎坎坷坷，只是个圆浑浑光闪闪的玉石，叫人如何攀登？

重政　攀登这座"山"，不就是你的任务吗？

重巳　即使登不上去，我也不觉得羞耻。首先，我向来对一切都不在乎。今早的嫂子就是昨夜的嫂子。比起山顶的云雾，我更容易将她忘却。什么噼里啪啦星，什么青蛙的婚礼，已经千万遍地想到过了……哥哥，力气这东西，只能使用一次。

重政 我至少用一次。

重巳 其次用什么？

重政 用爱。

重巳 爱已经不顶用了，再下来只有凝望。哥哥，凝望，凝望，再凝望。到头来，只有死亡。

重政 看到如此可厌的言语，你对阿里子依然很有兴趣啊！

重巳 她是第一个完全拒绝我的女人，嫂子。遗憾的是，我对她很有兴趣。

重政 她多半就是一棵优昙花[1]。这种花三千年开一次。花一开放，就意味着金轮明王就要出现了。这么说，我就是金轮明王。

重巳 二十年前曾经开放过一次……下次，等等。三千年减去二十年，还得等上两千九百八十年，才会再度开

1　优昙花的学名叫山玉兰，落叶乔木，木兰科，叶革质椭圆形或卵椭圆形，花大而白，芳香。优昙花，是梵文 udumbara 的音译（udumbara 的全音译为"优昙钵罗花"），udumbara 的意译为"祥瑞灵异之花"，神话传说此花生长在喜马拉雅山，三千年一开花，开花后很快就凋谢。

放啊。

重政　两千九百八十年？你的所谓喜剧性的事态还会继续吗？

重巳　是说的优昙花吗？那是一种慢悠悠舒缓自如的花，啊呀呀，那可是非常了不起的花啊。

　　　［千惠子自中央帷幕出现。

千惠子　早上好！哎呀，叔叔睡醒啦？

重巳　那就早饭午饭一块儿吃吧。

千惠子　嗯，我现在就去准备。说起妈妈，真是大人物，等来一辆出租车，司机正巧是"枫先生"的"粉丝"，一路上满怀崇敬，战战兢兢，弄得好尴尬啊。

重政　哦，那很好嘛。

千惠子　您真的很高兴，才说了"那很好嘛"，对吗？

重政　这种事总是不太好啊。

千惠子　有什么不好？枫先生不害怕任何人的诱惑，在这一点上，不管是爸爸还是叔叔，都是坚信无疑的，所以很幸福。

重巳　小千惠啊，你在这个家里就是一种危险因素。若问为什么，你虽然小小年纪，可什么都看透了啊！

千惠子　我是尼凯尔公主，我的肚子在鸣叫。叽哩咕噜皮隆，发出这些奇怪的声音，告诉我世界发生的一切。

重政　这个不说了。今天早晨来了什么样的客人？看来又是被妈妈领入童话狂世界的早熟的孩子吧？

千惠子　说的是。（拍了一下手）正是如此。一个狂热追求童话的早熟的孩子，三十岁了。

重巳　三十岁？

千惠子　嗯，年近三十岁颇为老成的孩子……

重政　那孩子究竟……

千惠子　枫先生会见一个人那样狂热，在我是第一次看到。即便我在厨房里做事，两人的对话也句句传来，声震屋宇。听他们谈话，简直就像两人紧紧相抱，次第浮上天空，一边将足边游云当玩具，一边用别的云彩编花环，一边凝神望着对方的眼睛，一边将心跳与血流合为一体，专心致志陶醉于商谈般的对话之中。

重政　不要胡说！你的妈妈……

重巳　小千惠啊，不可开大人的玩笑。

千惠子　不，我从未见到过枫先生在男人面前那样双目炯炯闪亮，面颊时而潮红，时而苍白。

重巳　哦，是在谈恋爱吧？

千惠子　不，是构思童话故事。那位三十岁的男人以为自己才八岁。爸爸不是说过"哦，那很好嘛"的话吗？

重政　这么说，那位客人是白痴。

重巳　看来那男人是白痴。

重政　总之，那个男人我放心了。那很好嘛。

千惠子　这回的"那很好嘛"听不出幸福的味道。

重政　任你怎么说，千惠子。这个家是童话之家，这个家
　　　　不会有什么不幸，这个家缺少唤起人间不幸的一切因素。

千惠子　那我也可以放心了。

　　　　〔上首玄关口响起"咚咚咚"的敲门声。

千惠子　啊，怎么不巧有人敲门？

　　　　〔说着向玄关走去。此时额间抢先贸然闯入，环视
　　　　室内各物。千惠子将他赶出，他又返回来。

千惠子　你有什么事啊？你突然闯进来，究竟想干什么？

额间　人呢？在哪里？肯定是藏匿起来啦！

千惠子　藏匿？谁呀？

额间　帝一君在哪里啦？趁我一时疏忽，畜生，那孩子将
　　　　我击倒……

重政　（对千惠子）什么，帝一君是谁？

千惠子　就是刚才提到的三十岁的孩子。

　　　　—— 幕落 ——

第二幕

[道具全部与第一幕同。前一幕数十分钟后。上首
传来千惠子响亮的嗓音。

千惠子 哎呀，妈妈，怎么又回来啦？忘记什么东西了
吧？要是忘掉什么，打个电话不就行了吗？

[边说边提着旅行包进来。阿里子跟着走进来，心
情慌乱地环顾周围。

枫 额间不在这里吧？

千惠子 啊，刚才来过一次。来找帝一君的。

枫 哦，他来了？还在这里吗？

千惠子 不，失望地回去了。

枫 太好啦……爸爸和叔叔呢？

千惠子 看到额间君慌慌张张的样子，他们都惊呆了，都
躲到楼上去了。

枫 是这样……

千惠子 旅途中出什么事了吗？

枫 先不谈这些。你去告诉帝一君，就说已经没事了，请
他进来吧。

千惠子 啊，帝一君？他在哪里？

枫　他可能躲在门内的灌木丛荫里。

千惠子　啊，灌木丛荫里？

枫　你好好跟他说，就说没事了。

>　[千惠子前往上首。阿里子心情不安地在室内转悠。
>　千惠子领着同前一幕迥然相异、战战兢兢的帝一走
>　进来。帝一抓住阿里子不放。

千惠子　这件事整个过程到底是怎么回事？

枫　（继续抚摸缠住她不放的帝一的头发）他很不听话，
无论如何都想跟我去。他击倒额间，跑来东京站找
我，叫我带他一道旅行。我一个劲儿劝阻，说这样不
行，但他很顽固，撞到南墙不回头。还说，自己已经
逃出额间魔掌，下回要是被他抓住，肯定被杀掉。我
问他为什么，他说额间总是手拿一把短剑威胁他，说
若不听话就宰了他。瞧，那个人多卑劣！听他这么
一说，我就下决心不再去旅行，把他带到家里躲藏
起来。

千惠子　啊，您想过没有，这么一来旅行地将会如何？对
方当地报社社长、市长、校长等，"凡是长胡子的蝴
蝶们"[1]，都将挤满车站，翘首以待。

1　美国童谣歌词。

帝一 （连忙微笑着）那些长胡子的蝴蝶们都在扑扇着翅膀等待着。

枫 （断然地）快给我打电报去，予以谢绝。就说生急病去不了啦。

千惠子 您这场急病病得不轻啊！

枫 别说了，快去发电报。

千惠子 好了好了，知道了。我用楼上的电话发电报。帝一君，你简直就是个垂涎欲滴的魔鬼！（登向二楼）

枫 我再去检查一下门锁，来，你也一起去。（说着，叫帝一陪伴她去上首，自上首传来她的声音）瞧，没关系的，谁也进不来。（她陪着帝一一起出现，劝帝一坐在椅子上，她自己也坐下来）哎呀哎呀，这下子好啦，可以安心啦，你不觉得高兴吗？

帝一 是的。

枫 你真是个叫人头疼的人啊！不知道你到底是什么意思，但看到你的清澈的眼睛，就不能不满怀信心。一见到你，我就感到随手写到的那点儿童话，当今这个世界，那些种种异想天开的事情都会出现。不光是你，就连我也像童话里的人物，沉溺于游戏，总是在做梦，闪射着清澄的眼眸，始终孤独地处身于危难之中。不能不相信，这个世界任何事情都有可能随时爆发出来。你干吗沉默不语？帝一君，你就像以前那样说话呀，这回我做你的听众，听你说话。当树木的新芽怯生生触及春天的空气时，那空气将意味着什么？当树木的新芽开始看见蓝天时，那该是多么美丽！那和我们的眼睛所见的蓝天会有怎样的不同？……你就说说这些吧。一时能够看见人的眼睛所看不到的地方，那真是无上的幸福！

帝一　嗯……我……

枫　你打算一直沉默吗？好吧，你就继续沉默下去吧。我也喜欢沉默。当心灵之间进行生动的对话时，默不作声是最富于礼貌的表现。

帝一　嗯……

　　［长时静场。不一会儿，自下首大窗帷外面，传来孩子们的歌声。

孩子们的合唱

> 月光庭园的动物们，
> 一起围成圈周跳舞，
> 唧哩普隆哔哩。
> 小矮人爷爷以及妖精们，
> 还有池子里的金鱼，

也一起唧哩普隆哔哩。

我们一起编制花环，

跳着夜间舞蹈，

边跳边听远方夜火车奔驰。

请休息吧，游子们，

尼凯尔公主腹中还在鸣笛。

合着那响声大家一起跳舞，

唧哩普隆哔哩。

帝一 （俄而双目生辉）哦，这是《月光庭园》之歌。

枫 孩子们都来啦。孩子们穿过仅可他们钻出的篱笆墙洞。星期天过午，一起到这座庭园里游玩。

帝一 很想看看，很想看看。可以看看吗？

枫 可以呀。你现在已经有了观看的资格。（说罢站起来，拉开下首大窗帷）。

　　〔眼前出现一派椰林晚景，热带天空，往来交飞、五彩斑斓的大鹦鹉。再向前是小矮人馆，悬挂着众多妖精头颅的五彩缤纷的风车、金鱼铜像，以及其他应有尽有、童话风格的人工庭园。孩子们的歌声越来越清晰，就是看不到他们的舞姿。

帝一 啊！多么壮美，多么神奇，一如我梦中所见，竟然都在这里相遇！

枫 是的，都在这里。不过，只有我不加入。虽然是我创作，但我不在其内。

帝一 为什么？先生不加入，我请您加入。（于是他坐在窗台上，张开两只臂膀）

枫 我感到我不能加入进去，因为这所园子是我创造的。

帝一 没那么回事，进来吧，紧跟着我。

[帝一拉住枫的手，猝然一跃，跳到窗户外面，两人的身影不见了。——刚才孩子们合唱的地方，重政、重巳站在二楼阶梯，悄悄窥伺楼下动静。接着，千惠子也加了进来。帝一与枫的身影消失之后，三个人一边说话，一边下楼。合唱已经听不见了。

重政 那都是不正常的孩子，弱智儿童。

重巳 那男子很不错嘛。

重政 不必担心，在谈论他的孩子气时，阿里子会心情轻松、亲切对待他的。一旦那男子对她展示男人的欲望，她就会立即翻脸，变得残酷起来。我很了解妻子的这一特点。那小女子不允许男人对她现情欲。

重巳 这一点，我也深有所感。

重政 至于这丫头，就像个不喜欢雷和闪电的孩子，很讨厌情欲，也说不出个什么道理。

千惠子 对此，我没什么立场可言，爸爸！

重政 你是在绝对的情欲和绝对的纯洁之间出生的孩子。你完全可以为你的出生而自豪，我认为。（如有什么附体）不过，阿里子也并不像那些患有洁癖症的敏感女人，对任何姿态都一味憎恶，毫不动情。假如他在当晚看见长椅上相互抱合的情侣，她就立即变成蔓草缠绕的葫芦花一般。向男人求欢的女子，好比黑暗海底的珊瑚，渴望找到天上的太阳；而一心拜倒在石榴裙下的男人，将立马变作屋顶上金光闪闪、不停旋转的风向鸡[1]。她的亲切是富丽于形象的亲切，已经化作形象的亲切。假如不曾改变的生鲜的东西出现于眼前，就会像看到蛤蟆一样一脚踩死，或让它断气。

重巳 在我眼里，这位嫂子是何种印象呢？

重政 你就是一只没被踩死的蛤蟆。

重巳 别说了，蛤蟆的世界，也是托嫂子善于想象的福，逐渐被侵略所致。哥哥您呢？

重政 你问我吗？恐怕我已经变成透明的人儿了。

---

1 原文为"风见鸡"，公园或公共场所装饰在屋顶上随风向而动的鸡或其他鸟型风标。

千惠子　比起那个，或许早已被耍猴儿吧，我都觉得难
　　为情。

重巳　那把短剑怎么样了？记得你曾提到过。

千惠子　对啦，您倒想起来了。要是从额间那里夺回短
　　剑，还给帝一君，该多好。要是这样，帝一君也会更
　　有信心，没必要胆战心惊躲藏在那里了。下回就可以
　　收额间为家臣，踏上他所喜欢的冒险之旅。

重政　额间是个卑劣的男子，用凶器威吓一个白痴，只是
　　一厢情愿啊。

重巳　小千惠，请把那窗帷拉起来，我一看到那闪闪的寒
　　光，就感到头痛难熬。我对墨西哥的假古董看得够
　　多啦。

千惠子　好的。（她闭上窗帷）

　　〔此时，门铃鸣响。

千惠子　一定是额间回来了，这里我来应付他。厨房里准
　　备好了午餐，爸爸叔叔快去吃饭吧。这里一切由我来
　　照顾。

重政　你行吗，千惠子？

重巳　这孩子很杰出，您就放心地交给她吧。我饿啦，肚
　　子饿啦，先去餐厅了。

　　〔离开中央帷幕退场，重政也接着退场。千惠子前

244

245

往上首陪同额间。

额间　早知这样，我干脆先去车站好了。又干了一件蠢
　　　　事！去车站时，一步之差，火车已经开走了。（牙缝
　　　　里"嘶"的一声吸了口凉气）多么倒霉的一天啊！牙
　　　　齿渐渐疼起来啦……多么倒霉的一天！对于帝一君的
　　　　本家，实在配不上脸面。

千惠子　我去拿块冰来吧。

额间　哦，冰？

千惠子　给牙齿冷却一下……

额间　不用不用，请不必担心……其实，我再次登门而
　　　　来，主要是想了解一下先生是否来过电话，提到过帝
　　　　一君的事。或者说帝一君走错了站台，误了火车，又
　　　　悄悄回到这里来了。

千惠子　很遗憾，没有任何联络。凭我想象，或许先生陪
　　　　伴帝一君坐火车旅行去了。

额间　是的，和我一样，这是最坏的想象。那么，下边我
　　　　想问问先生的旅行日程安排。

千惠子　啊，都在这里呢，我正好拿过来啦。（说着，从
　　　　口袋里掏出一叠纸向他示意）

额间　好的，谢谢你啦，实在太感谢啦！（他在椅子上坐
　　　　下来，摊开自己的笔记本，开始记笔记。他捂着腮

帮）哎呀，好痛，好痛!

千惠子　（从背后伸过手去，按按他的面颊）是这里吗?

额间　啊，你的手真凉呀。其实很舒服哪。怎么样? 就那么放着，别动，别动!

千惠子　我的手也渐渐暖和了，看来你还是有股子热情啊!

额间　（写完笔记，还给她一张纸片）哎呀，太感谢你啦。那小子太可恶，弄得我连看牙齿的时间都没有。

千惠子　暂时把他忘掉吧。这样的话，你的牙齿也会好的。

额间　（两眼死盯着千惠子）哎呀，对不起，现在我才说出我的感觉，有些太失礼了。你很漂亮，就像一位母亲，甚至比母亲还要温存。

千惠子　没有一个人对我这样说过。

额间　可以说，世上的人都不长眼睛。

千惠子　先生不准我以平常心会见客人。她不许我染红腮帮，不许穿尼凯尔公主的衣裳，用心防范，以免有人夸我比母亲还漂亮。

额间　女人嫉妒起来很可怕，母女之间不该有这类事。

千惠子　母亲尽管如此，可她对那些说母亲长得漂亮的男人十分反感。不过，她对那些没有这种想法的男人更加反感。

额间 哈哈，哈哈。很难得，很难得啊！

千惠子 你呀，想和我睡觉吗？

额间 （猛地从椅子上跳起来）你说什么？

千惠子 只是说说罢了。我是说男人很奇怪，都想和女人睡觉。男人都是懒汉。爸爸和叔叔也经常叫女人来一块儿睡睡觉。完了后总是我给换被单子。

额间 呀，真是一个令人寒心、极不道德的家庭啊。

千惠子 然而，母亲丝毫不在乎。母亲绝对都是一个人睡觉。被单子折叠线总是保持不变。睡相也很好。

额间 啊，啊。

千惠子 我呀，从来不把各种未来寄托于恋爱。情欲到底是什么呢？我总是想象着，憧憬着。爸爸、叔叔也把我当作情欲的化身加以想象，可是我都一概不当回事。母亲那样厌恶情欲，我也随之认为，那是一种无法可想的杰出表现。爸爸和叔叔都是冒牌货！情欲肯定就像大地震、大喷火、大空袭一般，难以想象。

额间 （谦虚地）也并非如此。

千惠子 那一定像鲜红色的瘟疫大流行啊，仿佛冲倒所有城镇房屋的洪水。要是从前，别说被单子了，一块手帕都湿不透。船一旦扬帆出港，就必须向山顶奔逃。

额间　算啦算啦，心情好不容易放松些，牙齿又疼起来了。

千惠子　我给你按住。（她站在额间背后，按住他的面颊，继续说话。额间再在上边压上自己的手）对不起，我是个脚踏实地努力奋斗的女人。担负着整个家庭的家计。做菜和打扫也是我一个人操持。我希望有一天和一个只有情欲的平凡的男子结婚，热恋中，与男友散步于月光溶溶的夜晚，或徜徉于晨露瀼瀼的小路。倘若他变得罗曼蒂克感觉到我在爱他，我就会当场许诺，拿出我全部的养老保险金来。

额间　单凭意气用事是不行的，小姐。

千惠子　你放心吧，我不会对你意气用事。因为，你不会变得罗曼蒂克。

额间　你如此亲切多情，我太感谢你啦。

千惠子　我要锻炼我的丈夫，使他成为情欲的专家。他就是我的杰出的瘟疫，一场波涛汹涌的大洪水！

额间　有这样的男人吗？

千惠子　你呀，比起大洪水来，只是一沟烂泥。但是，看到你随意处置帝一君的态度，怎么会那般漂亮。对于一个三十岁的男人，任意玩弄于股掌之间。一旦上了你的圈套，不管哪个女人，都会变得像猫儿一样。

额间　哪有这样的事啊。

千惠子　你是如何驯化成功的？不论什么样的女人，你都能像驯兽师一样使她驯服吗？你也能驯服我吗？

额间　帝一君，他和我有点儿过节。

千惠子　什么过节？能不能告诉我？什么过节？

额间　啊，其实也没有什么。（说着，从口袋里掏出短剑给她看）

千惠子　好漂亮的短剑啊。到底怎么啦？

额间　这把短剑啊。（他抽出些许）如此抽出些来，恐吓他："若不听说明，就把你杀了！"于是，对方就会变得像小孩子一般。

千惠子　啊，真棒！你很有魄力，给我瞧瞧。

额间　（交给她）骗骗孩子而已。不过，依旧保持原有的锋利。

千惠子　漂亮的短剑，刀鞘里带有蔷薇的花纹……

　　　　　〔急忙退回下首。

额间　（惊讶地站起身）啊，小姐！那个不能打开，不能打开！（他慌慌张张在室内兜圈子）干吗老是盯着那把短剑？……畜生！想搞美人计吗？所以说，现在的女孩子……不过，你为何老盯着它不放？……嗯，那东西稍微不注意……

［此时，佩带短剑的帝一以及跟在后边的阿里子和千惠子，自下首出现。

额间　啊!（后退）

千惠子　帝一君，已经好啦，你已经强大无比，没有任何可怕的了。你可以把那人收为家臣，做一次冒险旅行。

帝一　额间，如今你应该听我的命令了。

额间　好的，好的。

［额间退缩之后，重政与重巳自中央出现。

帝一　听着，对命令稍有违抗，立即刺死! 我是少年尤加利，代表正义一方。

额间　是的，是的。

帝一　我将在这个家里一直住下去。

千惠子　你说什么，帝一君? 南美的密林怎么样啦?

帝一　回头我会慢慢订个计划的。

千惠子　哎呀!（奔向父亲身旁）

帝一　（亲密地）先生，我的房间在二楼，对吗?

枫　嗯，你的房间再设置一下吧，请和我在一起。

帝一　嗯。

［帝一带头。阿里子紧随其后，从上首阶梯登上二楼。众呆然目送。

重政 这叫什么事儿?

千惠子 是我打错了主意。过于脚踏实地了。

重巳 哎呀 还不是嫂子的煽动?(对千惠子)你到庭园里时,两人都干了些什么?

千惠子 两人坐在水池旁边观赏金鱼。两人互相紧靠着脸儿,清晰地映照到水池子里。

重政 说的是金鱼?

千惠子 是金鱼啊。而且,我交给他短剑,他像王子般姿态优雅地站了起来。

重巳 (发现额间躲在自己背后)干吗要藏在那里?大好年华,还那么低三下四!

额间 不过,你的生命也危在旦夕。(瞥一眼千惠子)小姐,你干了一件了不起的大事。

千惠子 你的牙齿还痛吗?

额间 什么牙齿痛,早就不知道跑到哪儿去了。

千惠子 看,是我给你治好的。

额间 你们发怒我也要说出来,其实大家还不知道要出大事。沉着点……沉着点吧,好吗?那把短剑是出自枫先生童话少年尤加利的蔷薇红短剑。

千惠子 是的,附载着蔷薇的花纹。

额间 知道吗?我已经照着那把出自童话的短剑,定制了一把一模一样的短剑。

重巳 怎么样呢?

额间 那把密宝短剑出自一篇童话之中,剑鞘上刻印着镂金的蔷薇花,剑柄上镶嵌着两颗红眼珠般的红宝石……帝一梦寐以求这把短剑,在那则童话中,少年尤加利是不死之身,自己所持有的蔷薇短剑,一旦交给他人之手,那把短剑为人所用,到头来命将不保。但是只要自己一直握在手里,就能当作长枪铁炮,一把短剑,就会变成一件万能武器。

重巳 你在讲童话故事的时候,总觉得别别扭扭。

额间 拜托了,请你安静地听下去。因为帝一醉心于那把童话中的短剑,我就想了个办法,按照所说的样子定做了一把。虽然是冒险的一招,但为了使他如愿以偿,只好这么办。就这样,定做的短剑造出来了,帝一知道了,他会多么高兴!我特地将这把短剑交给他,看着他挥剑切割窗帷,剁碎墙上的挂历,这才放下心来。这时候,帝一以为自己已经完全成为少年尤加利了。这都是托了短剑的福啊!再说,从此以后,按照我的计划,某一天晚上,趁他熟睡之际,悄悄换回来蔷薇短剑……自那以来,我就可以控制那小子的意志了。说愚蠢倒是真愚蠢,但爱惜自己的生命,总是一个人求生的基本原则。

重政 这个我全懂，但我不明白的是，那把短剑偶尔回到帝一君手里，你为何那样胆战心惊呢？

额间 听我说下去。我只是吓唬他一下。然而一旦进入那小子之手，就会像俗语所说：给了疯子一杆枪，堂而皇之使他变成一名杀人犯。而且，即使他杀人无度，也不会致罪，因为他在法律上不负刑事责任。

重政 他不是成人化的青年吗？他也不会一个劲儿杀人啊！

额间 您哪，对精神病理学一窍不通。谁也不敢保证因为成人化，下一个瞬间不会出意外。虽说少年尤加利属于正义派，谁也不敢保证毫无怨恨的诸位安全无虞啊。问题在于我，正如枫先生童话中写的，我从睡眠中的少年尤加利枕畔盗取蔷薇短剑，也就是一名海盗。自那以后至于今日，那小子就是一名海盗的俘虏。如今短剑回到他手中，他就会杀死海盗。

重政 有道理，那么，你很担心吧？

额间 小姐，我很恨你，你知道吗？我是尽了多大努力才把事情做到这种程度啊！（哭泣）你哪里明白，为了自由控制那小子的行动，我尝过多少辛酸！

千惠子 哎呀，海盗也会哭泣，真奇怪。

额间 （怒火中烧）这是可以开玩笑的场合吗？简直愚蠢至极。究竟我该怎么说，你才会明白过来？（经他一阵怒吼，众皆鸦雀无声）大体如此。短剑到手之前，你们哪里知道，我在他们家照料他十五年，其间经受过多少磨难？起先，我处处哄着他，尽心尽力，谁知那小子知恩不报，反而嫌弃我。不管走到哪里，都一味地讨厌我。请你们看看，这期间我尝尽了多大辛劳！于是，他老家付给我一大笔工钱，并且将他随时应得的财产交给我管理。要是那小子离开我，或者把我杀了，十五年的劳苦将付之东流。

千惠子 （终于不出声）很对不起你。

额间 （颇为委屈地）用情欲啦什么啦诓骗我，这些玩意儿说给帝一那小子听，或许有用。他会给你一张笑脸。

重政 （担心地）我听说，帝一君对情欲丝毫不感兴趣，听你这么一说。

额间 （明确地）那小子没有一点儿性欲。

重巳 你怎么知道？

额间 一位名医如此下过判断。

〔长时间静场——千惠子、重政、重巳三人各不相同，但对额间的证词，都受到深刻的冲击。

额间　（突然纠缠不放）求求你，救救我吧，救救我的命吧，拜托啦。为了我，大家齐心合力，夺回那小子手里的短剑吧。在那之前，我不能轻易露面，也可以将我关在壁橱里。我只请求你们做这件事。这也是义务，快些把我藏起来吧，越快越好。

千惠子　请到这边来。

　　〔说着陪伴额间由中央窗帷下。此时，再度响起《月光庭园》的合唱。剩下两个男人，仿佛心事重重，自讨苦吃。各自吐着烟圈儿，分别坐在沙发两端。合唱直到以下对话开始才停止。

　　〔重政、重巳继续沉思。

重政/重巳　……可以放心了吗……

重政　你以为可以放心了？

重巳　傻瓜，哥哥。我已经说过，决不能安心。

重政　谁呀？

重巳　哥哥你呀。

重政　你怎么样？

重巳　我和你不同……

重政　嗯，倒也是。

重巳　相离十五年，哥哥和我还像学生时代的哥俩儿，我很清楚哥哥对我的照顾……好奇怪呀，我对哥哥还是有嫉妒之心。

重政 只能这么想，我也是。

重巳 对方是个绝无欲望的人。可称作人间之标杆，最安全可靠的窝囊废情敌……

重政 对于我们来说，他就是强大无比、立于不败之地的情敌！

重巳 道理上讲，是这样的。算啦算啦，了不起的大道理。

重政 自打我结婚以来，从没有出现过如此奇妙的心情啊。

重巳 可不是吗，这也是哥哥结婚以来首次遇到的事情啊！刚才帝一佩带蔷薇短剑登上楼梯时，嫂子挺着胸脯紧跟其后登上楼梯。你还记得那一瞬间吗？那可是令人惊讶的不贞，嫂子自己也从来没有经历过的不贞！这本是童话中的场面，一个光辉灿烂、华美可怖的瞬间！事情是我们亲眼所见，张着大嘴，呆呆地看着。他们相携去了哪里？哥哥，他们向卧室走去！（重政愤然而起，欲往楼梯走去，重巳将他制止）啊，等等。哥哥，看你脸色都变了，到哪儿去呀？不是说了吗，那小子没有欲望。

　　〔重政又颓然坐在椅子上——静场。

重巳 我向你坦白，当我从外国归来见到嫂子时，为她依旧年轻靓丽而惊讶不已。我有些心动，但也不至于不能自我压抑。后来听到哥哥的表白，吓了一跳。而且，我越发好奇起来。我深切痛悔二十年前不该把那项任务交给你去做。如今，我要重新夺回这种悔恨。因为我……心中太按捺不住了。不过，我对此又夹持着好奇与博弈。因此，即使失败，我既不稀罕也不气馁……如今，我觉得我实在太喜欢嫂子了。今天听了额间一席话，想起刚才登上楼梯的嫂子，当时的她实在艳丽无比！她浑身充满着威严与亲切，始终闪耀着自豪与情爱……我从未看见过这样美丽的阿里子。

重政 真可怕。你和我想到一块去啦。咱们哥俩儿活像一对孪生兄弟啊。

重巳 你说，我们应该怎么办？今后还是考虑一下吧。

重政 （稍微掀起窗帷看看庭院）月光满庭，建造这座庭院时候，她可是极尽全力。而我只是一脸茫然，无视一切。

重巳 （也窥视一下窗外）我也厌恶这座庭院。我永远热爱自然，我一直都是这么想的。然而，这座庭院也许就是阿里子心中的自然呢。

重政 （一边走一边看）这本是我一直未曾涉足的自家庭院。

　　〔重已点头，与重政一起前往下首。他们同上首走下楼梯的阿里子与帝一交肩而过。

枫 谁也不在，大家都害怕少年尤加利的威力，胆怯地逃命了。

帝一 不可大意，海盗经常躲藏在桌子底下、橱柜背后，就像老鼠。

　　〔于是两人俯伏在地板上，仔细查找椅子底下、橱柜背后等处。

枫 那间屋子你满意吗？

帝一 非常满意，先生。

枫 不要叫我"先生"，叫我"阿里子"好了。

帝一 非常满意，阿里子。

枫 （微笑）是的。

帝一 （站起）已经好了。

枫 没有海盗了吗？

帝一 嗯，没有啦。

枫 （全部打开窗帷）我们一边观看着窗外，一边说话吧。（似乎从庭院里发现了什么）哎呀！

帝一 （走近她）怎么了？

枫 丈夫和小叔子从未涉足的庭院之中……

帝一 嗯。（窥探）不过他们都是好人啊，尼凯尔公主说过的。是他们一起把短剑给我夺回来的。

枫 你不认为他们是海盗吗？

帝一 嗯，他们不是海盗。他们是无害的动物，羊或牛。

枫 （微笑）无害的动物……那么我也可以无视不管啦。

　　　〔再度微微响起《月光庭园》的合唱。

帝一 是《月光庭园》之歌。

枫 《月光庭园》之歌，是我创作的歌。

帝一 真了不起，阿里子，你一个人创作的吗？

枫 太高兴啦，像你这般坚强有力、老老实实表扬我的人，没有一个。

帝一 玩个游戏什么的吧。

枫 玩什么游戏呢？（逐一考虑）会玩扑克吗？

帝一 会点儿，但没玩过。

枫 我教你。（到壁橱去取扑克）

帝一 （渐渐陶醉于胜利的快感之中）听着，咱们胜利啦！胜利啦！

枫 （回来开始洗牌）是的，没有一个可怕的人啦。

帝一 （无心玩牌）我终于胜利了，尼凯尔公主为我夺回蔷薇短剑啦。那时候我很明白，不久我一定会称王。

不仅在一个地球，而是所有的星球。

枫　（停止玩牌，梦幻地……）所有的星球，然后是月亮。

帝一　（仰视房屋的天花板）这座屋子就是一只船，是我们俘获来的海盗船。而且朝着我们的王国行驶。风儿鼓胀着船帆，听不见吗，那几百只雪白的海鸥翱翔于天上，翅膀发出搏击的声响？

枫　听得见。

帝一　我们的航海开始啦！

枫　啊，我们的航海会持续到什么时候？

帝一　不会太久，马上结束。

枫　（不安地）哦？马上结束？

帝一　是结束！不过，一旦扬帆启碇，王国就在眼前。

枫　对我来说，王国非常遥远，航海一直继续下去，倒是很幸福的事。

帝一　（决然地）不行！王国在等着，必须抓紧。我将成为国王，不仅一个地球……

枫/帝一　所有的星球！还有月亮。

枫　（从扑克牌里抽出一张）这里有一张王牌。

帝一　（拿到手里）啊，生着髭须。（摸着下巴颏）我也要有一副髭须！

枫　那可以等到上了年纪之后啊。

帝一 （窥视）有吗？有王妃的牌吗？

枫 有啊。

帝一 （接过去看）呀，生就一副特别可怕的面孔！

枫 这也是上了年纪的面孔。

帝一 我们……（不安地）都上了年纪？

枫 这个嘛……我是说你一个人不老，我老了……

帝一 （打消）撒谎，撒谎！要是我不老，你也绝对不
会老。

枫 （满含眼泪）谢谢你。

帝一 （拿起桌面上的一张扑克牌）这是什么牌？

枫 这个吗，这是J。

帝一 J是什么？

枫 是家臣。

帝一 我的家臣是马福。有马福牌吗？（拼命寻找）

枫 没有马福牌。

帝一 真糟糕！下回给我做一张马福的牌。（抽出一张方
块）这是什么？

枫 这就是方块，钻石形状。你的王国到处都是钻石。山
缝里光闪闪的，很远都能看到。当夕阳照到那里，看
上去仿佛盛开着火红的花朵，夜间月光明媚，静寂的
山间暗影之中，总有众多不眠的闪烁的眼睛。而且，

那目光不映射过多的丑陋，只和日月星辰一起，共同映照着潺潺流水的光芒。

帝一 （抽出红心形）这个呢？

枫 这是红心。

帝一 红心？

枫 就是心脏。（指着自己心窝）在这里。

帝一 （按按自己心口）这里咚咚跳动，就像时钟走动，那就是心脏。

枫 不过那不是冰冷的钢铁和玻璃制作的钟表，而是灼热的血与肉组合的钟表。

帝一 所以这钟表是活生生的。

枫 是的，活生生的钟表。不过，这钟表迟早会变成不报时的钟表，因为是报告心的钟表。

帝一 怦怦鸣响吗？

枫 不是鸣响，而是时时嚎叫。

帝一 耳朵能听见嚎叫吗？

枫 听得很清楚，仿佛要撕碎耳朵。

帝一 就像夜间屋顶上嘈杂的鸟鸣？

枫 嗯，接着就像远处山间狐狸的哀啼。

帝一 听来是嘶叫，那可是痛苦的嘶叫！

枫 有时又是高兴的。

帝一 我的钟表毁掉了吗?(突然泄气)咳,一点也不嘶
　　　叫啦。我不曾听到过活生生的钟表的叫声,那种撕裂
　　　耳朵的响声。仅仅是"戚库塔库、戚库塔库"的响
　　　声。其他什么也听不见。

枫 没有毁掉。(温存地)不会毁掉的。

帝一 你怎么知道?

枫 只因为你的耳朵还没有熟悉。

帝一 我的耳朵能听到雷鸣,听到夜间火车的汽笛,也能
　　　听到墙壁里悄悄而动的老鼠,还能听到竹叶丛中蜗牛
　　　的爬动。

枫 你听到的夜火车的汽笛,说不定就是你的钟表的鸣
　　　声。怎么样?(说着,将耳朵贴在帝一的胸脯)……
　　　瞧,在喊叫呢,听听吧,在喊叫啊。

帝一 听不到的啊,你的呢,阿里子?(将耳朵贴在阿里
　　　子胸上)眼下,在叫喊吗?

枫 是的!

帝一 "戚库塔库"跳得很快,可我的听不到,不知怎么
　　　回事。我的听不到啊。

枫 放心吧,就像我刚才听到的那样。

　　　〔从他们相互将耳朵贴在对方胸脯上开始,芹子和
　　　地利子从上首玄关口上,一直望着两人的样子,直

到那句"就像我刚才听到的那样"对话为止，她们相顾笑出声来。

芹子　呀，先生不这么贱啊！

地利子　太惊讶啦。先生太不像样啦。

枫　哦，你们来了？

芹子　对不起，看到玄关一直空当当的。

地利子　先生不是说了吗，叫我们永远将这个家看成是自己的家？我们借着先生的娇惯，就这么过来了。

枫　（顾及着帝一）帝一君，今天做了很多事，累了吧？我现在有客人，你到二楼午睡去吧。

芹子　不要，先生，我们想和这位好男子说会儿话。

地利子　不用担心。先生嫉妒了吧？

枫　怎么样，帝一君？（一直盯着他）这可是午睡的时候啊。

帝一　（一直看着阿里子的眼睛）嗯。（突然转身，跑到楼梯口上楼去了）

芹子　真是训练有素啊。

地利子　真听话啊。活像个大孩子呢。

芹子　就连先生也不能全都待在暗角里。

地利子　托您的福，我们也像放下了肩头的担子。

枫　丈夫和重已先生都在庭院里。

芹子 很难得啊，重巳先生也在这里。

地利子 他可是一直说不喜欢这个园子的呀。

枫 现在去叫他们过来。（从下首大窗户向外呼喊）您哪，芹子小姐来了，告诉重巳先生，地利子也来啦。（之后，她关起窗帷，重新面对两位女子）他们马上就来。请坐吧，叫她们上茶。（说罢，收拾好桌上的纸牌，前往正面窗帷之内）

　　［两个女子坐在椅子上等待。片刻，重政、重巳上场。

芹子 政先生！（紧贴重政……）

地利子 巳先生！（紧抱重巳）

重政 别闹！（制止芹子……）

重巳 别这样！（推开地利子）

芹子 哎呀，真有些怪，人家特别在礼拜天中午，来这里对您说……

地利子 平素，我不是那种爱抬轿子的人，礼拜天不大可能到这里来。

芹子 您怎么啦？真是个怪人，竟然用那样的表情盯着我看。

地利子 今天来这里一看，这个家的空气全都变啦！

芹子 我们一进来时，看到遂常行止严谨的先生，同那个年轻的男子紧贴在一起。

重政　哦，紧贴在一起？

地利子　是的，十分亲切地抱在一起。

重政　（对重巳）看来，他们还是……

芹子　到底怎么啦？睡糊涂了吧，您？

地利子　俗话说，胳膊肘儿朝外拐，政先生他……

重巳　（发怒）喂，不可太放肆！

地利子　是您叫我们不要太放肆，对吧？

芹子　您把我们当成什么人啦？

重政　好吧，你们规规矩矩尽早回去吧。我今天心绪
　　不佳。

芹子　啊呀，瞧您一副喜形于色的表情。

　　　［四人相睨。此时，阿里子端茶进来，将茶杯放在
　　桌子上。四人默然无语。

芹子　（猝然将茶杯推翻）先生，不要再装相啦。谢谢枫
　　先生以茶水相待，可是我不喝。倒是花五十日元去咖
　　啡馆买一杯咖啡更好喝。

　　　［重政扇了芹子一个耳光。芹子啜泣。

地利子　（对重巳）您要是想打我，就请下手吧。我也会
　　那么做。（说罢，将自己的茶杯推翻）

　　　［重巳也扇了地利子一巴掌，地利子饮泣。

[她边哭边说。

地利子 芹子，我们回去吧。你还会再到这里来吗?

芹子 （拭泪。愤然而起）想说的说完了再回去。我对先生说几句，您对同是女性的人丝毫没有感情。我们今天可是耐着性子亲眼看到了发生的事啊。

枫 你说耐着性子，是要我哭着同情你们吗?

芹子 没错!先生太冷漠啦。我们一直在这个家里出出进进，自由自在，直到今天都不曾感觉到您的冷酷无情。我既然没有从您丈夫口里听到你们畸形的夫妻关系，那我就不可能待在你的家里，继续厚着脸皮走进走出。这期间——我们也许太被您娇惯了——总是把先生作为大姐姐看待。我总是接受那些您所不喜欢的物事，只当是对您的协助。如今想想，真是后悔莫及!……您可是瞅准时机，狠狠挠了我们一爪子!

枫 我不曾用爪子抓人啊。

重巳 嫂子，别理她们。

地利子 （推开重巳）您别管闲事!（对阿里子）让我把话说完。芹子和我，可以说是严防您自己难以控制的非正常生活的保护伞。您既然使我们看到这一幕，知恩不报总有个限度。我们走了，那那种足以骄人的不自然的"纯洁"，如此之类的艳遇，再也刹不住车啦。

枫　"艳遇"？我在这个家里，从未遇到过什么艳遇。否
　　　则，一开始你们就不会放他进来。

芹子　啊，您可真会说话。为了捍卫您一人自身的所谓
　　　"纯洁"，无论如何，总得需要众多的无污秽的淫荡。
　　　于是我让步了，而且利用了……

枫　你们不知道，一开始就举手投降，此后就趁机随着淫
　　　荡之波或浮或沉。关于这样的人生，我更不想对你
　　　们加以说明。于是，就着手写作童话。但我和你们
　　　不同，我对人生从不抱有任何幻想。而是坚持直观，
　　　对，只是直观。有时做让步，而且利用之。女人为了
　　　守卫纯洁而不惜过淫荡的日子，不如千倍万倍巧施奸
　　　计更奏效。

芹子　随便您怎么吹嘘，因为您是个赝品。到最后，只能
　　　同我们一样，都是一丘之貉。过去，每当我谈起您的
　　　"纯洁"，总是将"纯洁"二字用括弧括起来，知道
　　　吗？至于千惠子小姐出生的经过……

重政　喂喂！

芹子　已经瞒不住了吧？那可是重政先生亲口对我说的。
　　　自那之后，您把被您毁掉的"纯洁"看成是后半人生
　　　之大事，这是何等扭曲的恶劣臆想啊！

枫　毁掉的纯洁和纯洁没什么两样。因为不论哪条道路，

都不是我能自主选择的道路。芹子，您的婚姻就是诈欺，是一种低级的报复手段！

枫　不，那正是我保卫纯洁的唯一手段。

芹子　那是您保存毁掉的玩具唯一的方法，对吗？

枫　没有毁掉的玩具，谁都会珍惜，一经毁掉，只能丢弃。我却不是。只有我不这样对待。因为我知道，失去之后，才开始慢慢由模糊转向清晰。纯洁的重要意义，在自己保有之时觉察不到，尔后才会懂得它的尊贵与神圣。

芹子　看来二十年来，您一直执着于这些空洞无物的考虑。先生！

枫　嗯，除我之外，谁都没有尝试过这种磨炼。

芹子　胆小的女子！只有后悔，一蹶不振了。

枫　我从来不后悔。

地利子　一个不后悔的人为何……

枫　我只看重一次记忆。

重政　啊，阿里子！

枫　（尖锐地）您不要误解。我所重视的只是为我自己，为了自己所想，只限于这些。

芹子　此人的世界只住着她一人。我们的世界有男有女，熙熙攘攘，宛若五彩缤纷的玻璃球，在桌面上闪闪发光……

地利子 我们从来不觉得孤独！

枫 那是的，裸体的时候。一旦穿上衣裳，就马上感到孤独。有两人乘坐的二轮车，没有两人共同合穿的一套服装。

芹子 可以常换常穿呀。

枫 那可是污垢的气味和孤独的气味相混合的衣服啊。

地利子 您急不可待，一心想承认内心里淫荡的伟大。

枫 嗯，当然承认。淫荡是伟大，正如你的屁股。

芹子 这就是生就一对瘦瓜妞儿般乳房的女人，一心想说的话。

枫 算了吧，十年不到就打皱的那副鸡头肉，还有什么好说的？啊，肉团儿，可我不曾主动地向这个词儿屈服。即使将来，也不会屈服。这也是多亏了那种可怖的血腥的洗礼。没有那次经历……我也许已经认输。

地利子 这倒是颇为体面的借口。

重巳 好啦，少说几句，快些回去吧。我已经看不下去了。（说着，抱头向下首走去）

地利子 谁会在这种地方耽搁时间？待着就是浪费。芹子小姐，咱们回去吧。

芹子 想说的都说了，胸中没东西了，回去吧，地利子小

姐。（正准备回去）重政先生，只留下一句话，回头就是哭也太晚啦。（二人自玄关下）

　　[重政和阿里子默然而坐，久久不语。

重政　她们回去了……呶，阿里子，你懂不懂我把她们赶出去的用意？

枫　就像平时您说的，已经厌恶了。

重政　哎呀，到了关键时刻，反而说不出什么厌恶啦。

枫　那么，叫她们回来吗？

重政　她们回来又能怎样？

枫　您会感到寂寞的。

重政　我已经感到寂寞啦。

枫　您知道吗，我总是千方百计想办法，使得您不感到寂寞难耐。

重政　我希望你此番用心全部停止。

枫　像您这类人，就喜欢挑选寂寞为伴吗？

重政　对我来说，已经不需要片刻的欢乐和慰劳。

枫　真正的欢乐，真正的慰劳，啊，要获得这种事，只有孩子们才有可能。

重政　我现在想得到的，多半是苦恼。

枫　我们已经避免了苦恼，这是很好的事。正因为如此，我们清晰地分辨出水底的沙子，生活在透明的水中。

我们至少不再变得盲目。

重政　可是，我现在如何？我只感到自己正在变成一个瞎子。

　　　　〔——静场。枫突然站起身来。

重政　啊？你到哪里去？

枫　去拿抹布。（示意桌面上泼出茶水）还是要等到自然干涸呢？（从碗橱上拿来抹布，一边擦拭）您不是问我到哪里去吗？

重政　啊……

枫　您已经很长时间不再这样问我啦。

重政　我看你突然站立，不由一惊，所以才问你要到哪里。

枫　我去的地方已经固定下来了，您是很清楚的。难道您真的不知道？我的世界只有三个：一是位于作为妻子与女儿，位于家庭里面；二是作为童话作家，位于桌子旁边；三是作为女人，位于您所谓的"神圣的纯洁"这个坚固的贝壳之中。

重政　那个男人处在家中的什么位置？

枫　哪个男人？

重政　……帝一君。

枫　（微笑）那个人不在我们的世界，他应该居住在哪个不同的星球上。不论如何脸儿磕着脸儿说话，他总是待在远方。他的存在就是一种距离，而且只要不缩短这个距离，不论有多远，总能进行无线电通讯般的对话，使用特殊的言语。

重政　你已经厌弃我们共同的语言，对吗？如今正是我拼命抓住这种共同语言不放的时候。

枫　我们共同的语言，还在继续起作用啊。吃饭、会话、相互来点小安慰、说说天气什么的，对于生活方面，总是不可缺少的语言啊！

重政　这种语言据说不可用来谈论爱情、热情或嫉妒，对吗？

枫　是的。因为一定混有别一种污秽之意，宛如白苹果切口，忽然变成红锈。在世上，此种红锈色，称作爱情或热情。

重政　你不认为，被你封锁二十年之久的坚冰开始融化了吗？

枫　根本没那事。首先，那不是什么坚冰。

重政　我不奢望广阔的地方，哪怕狭小逼仄之所也行。我还想顺利进入你的世界，并且居住在那里。

枫　您本来就一直住在里头呀。

重政　你这是开玩笑，果真如此吗？

[此时，重已自下首上，看着两人的样子，蹑手蹑
　　脚，顺着舞台角落悄悄登上楼梯去二楼。阿里子未
　　发现他。

枫　好吧，我明确对您说。我一直避免如此只和您两人一
　　起说话，您也一直避免来着。这样一来，我们两个都
　　很幸福。

重政　虽说实际上有点儿奇怪，但很幸福，这个我承认。
　　但眼下不再幸福了。

枫　您想得太多啦。

重政　魔法可以解除了。童话捆绑着以你为首的这个家
　　庭，我要把你从童话里解救出来。

枫　这些您能做到吗？

重政　我不想再做酒囊饭袋，我想做个好丈夫。我要工
　　作。我让你每天早晨为我送行，望着我乘坐公司班车
　　的情景。

枫　这样一来……

重政　就可以把写诗作文的噩梦赶出家门，让厨房、家庭
　　支出账本以及健全的交往统治一切。

枫　"健全的交往"指的什么？

重政　是和夫人们的往来。

枫　妇女读书会？妇女股东会？

重政 （一时词穷）嗯。

枫 插花实习组？美食指导班？

重政 ……嗯。

枫 名曲鉴赏会？妇女讲习班？还有扑克牌游戏？自由妇女联盟？

重政 啊！

枫 甚好，甚好啊！此种理想的生活美梦，将由您的工作开始实行。这样一来，您就可以礼拜天修剪修剪草坪，过上美国式的生活，探求快乐的人生，是不是？

重政 够啦，够啦！我并不打算强求你去干这些。

枫 作为女人，对于一个过分喜欢纯洁的我来说，只有一条，只有一条啊，只有一种特殊的爱好，过去对谁也没有说过。

重政 什么爱好？……说说看。

枫 我喜欢不工作的男人。

〔一句话，弄得重政无言以对。此时，楼上传来咚咚脚步声，重巳佩带短剑，站在楼梯中央。

重巳 （怒吼）夺回来啦，短剑！瞅着那家伙睡眠之隙，夺回来啦！

〔重政、阿里子呆然站立。额间和千惠子自中央窗帷上场。额间奔向重巳。

额间 谢谢！谢谢！（接过短剑）太好啦！物归原主，万万岁！

　　　　　[重巳不看阿里子脸孔，走向舞台正中央，立于千惠子身旁。

枫 （悲伤地）帝一君！

　　　　　[可怜的帝一出现于楼梯上，正要下楼，瞥见站在楼梯下边额间的身影，立即止步。面色惨白。

额间 如今，我不想说什么。咱们就事论事，好吗？下回如果再发生类似的事情，别怪我不客气。下来吧。（他随即将短剑装进内兜里，手就那么插着，后退些许。帝一畏缩缩默默走下楼梯。下完楼梯）快向大家道别，说声"再见""给大家添麻烦啦""请原谅"。说呀！

帝一 对不起。

枫 （情有不堪）帝一君，你切莫忘记，你是个勇敢的男子！

额间 如今，这一切都转移到我身上来啦！好吧，我们走啦。对不起，我也给大家添麻烦啦。（对帝一）向大家说声"再见"。

帝一 再见！

枫 额间君！

额间 哎，什么事？

枫 拜托了，请让他待到晚上好不好？今天晚上，我要举办告别宴会，完了之后，我一定首先向大家告别。对吧，我们毕竟朋友一场。

额间 先生，那怎么行啊？这样一味拖下去，不好办。善事要抓紧做。

枫 求求你，晚饭你也一起。

额间 不行，不行！

枫 你可以严格加以监视嘛！

额间 那当然。（口里又发出吸冷气的响声）喊，牙齿又疼了。我们回去了。帝一君，快点儿走吧。

重政 等一等嘛，妻子也向你们提出了请求。

重巳 没关系嘛，反正短剑已经到我们手里啦。

千惠子 （使眼色）我说，额间先生，不是说了吗，那就留下吃晚饭吧。

额间 酒里不会掺入安眠药吧？

千惠子 这些老办法，就连先生的童话里也不写了。

额间 唉，那是没办法的事。但是晚饭还是绝对要吃的。

　　　　[脱离帝一的手。阿里子同帝一，互相走近，到达舞台中央，相互拥抱，众皆眼看着他们。

枫 （狂热喊叫）干吗都瞪着眼看着？有什么好看的？让

我们安静些好吗？短剑都夺去了，还不够吗？不要那么看着！让我们心情安静！

[众皆从正面窗帷后下。

枫　已经好啦，坐下吧。不要气馁。拿出勇气来，勇气！

[庭院微微传来《月光庭园》的合唱。

枫　听，孩子们又唱起你喜欢的歌曲。忘掉家里的丑事……听，他们在唱呢。

帝一　都是海盗，都是敌人！

枫　我跟你在一起。

帝一　只有你，阿里子。只有你啊。

枫　这样，我们就会逐渐变得强大，逐渐变得聪明起来。当大家明白都是海盗的时候。

帝一　然而，船帆破了，桅杆断了。

枫　可以修补啊。我是女人，针线活很灵巧。

帝一　不行，船帆已经不能恢复原样了。

枫　天空又有新风闪闪发光。用手抓住它！

帝一　（伸手抓空气）不行啊，风从指缝里逃走啦。

枫　太阳光可以救助我们。

帝一　太阳已经落山了。

枫　月亮升上了天空。

帝一　月亮很寒冷。

枫　还有波涛，不是吗？帝一君！鱼儿们都在驮运我们的航船。

帝一　鱼儿们的脊背很纤弱。

枫　百万条鱼儿驮负着我们的船舶前进。

帝一　阿里子……

枫　哎？

帝一　我撒了个谎，其实，没有什么"王国"。

—— 幕落 ——

第三幕

[同一间房子。同一天晚上。舞台中央横着铺有雪白桌布的大餐桌。桌边正面对着观众，从上首至下首，依次坐着千惠子、帝一、阿里子、重政。餐桌上首一端是额间，下首一端是重巳，他们两人相向而坐。

[用餐大致结束，正在上餐后冷盘之时。餐桌中央放一只堆满水果的大拼盘，左右两侧放着点燃蜡烛的烛台。各人面前摆着咖啡杯，手拿一只镀银的咖啡壶，分别向自己杯里倒咖啡。

千惠子　请用水果。

额间　我牙齿疼……

千惠子　你想吃什么就吃什么吧。

额间　这就够苦的啦……

千惠子　真难为你了，我帮你切得小一点吧。（将水果切成小块）

重政　极不正常的一天总算过去了。

重巳　仿佛经历一场大手术似的。

千惠子　帝一君被额间君带回去之后（对重巳）你今后打

算怎么办？

重巳 没办法，让我长期待在这里吧，直到再去外国。

重政 （苦笑）嗯嗯，你倒成了一名看重我新生家庭幸福的男人了。

　　［帝一和阿里子相顾无言。

额间 换一个话题吧，今天真是受到一次无微不至的照顾。给你添麻烦啦。

千惠子 你倒挺会纠缠人的啊！呶（朝他嘴里塞一片水果）今后不必再动一下牙齿了。

额间 嗯，嗯，今后（缠住不放）啊呀呀，疼死啦，疼死啦！（按着腮帮）

千惠子 你呀，只有牙齿太娇气啦。

额间 请不要再拿我牙齿开玩笑啦。

千惠子 额间先生，你不想结婚吗？

额间 我现在没这个打算。光是对待那小子，就够我头疼的了。再说，结了婚，就得驾驭双驾马车，不是吗？

重巳 （对重政）如今，你觉得我是个麻烦对吗？

重政 目前还不是，我害怕将来你会给我添麻烦。虽说你我难得兄弟一场……

重巳 我待在这个家里会给你惹麻烦，你终于明白地说出了这个道理。总之，我是你一个负担。

重政　唉，随你怎么说吧。

千惠子　（对额间）我不想待在这个家里了。

额间　是吗？（按住腮帮）好疼啊。那么你想走哪条路呢？再喝一杯咖啡，我就带着帝一君离开这里啦。不大可能再访问这座危险的宅子了。

千惠子　帝一君对于你就这么重要吗？

额间　因为他给了我统治他人的实际体验。

千惠子　不是靠你，而是只靠这把短剑统治一切。不是吗？

额间　这种事干脆忘掉为好。

重政　（对重巳）我已经不是过去的我了，既然我知道我有能力爱她……

重巳　留在历史上的超现实夫妻，会是什么样子啊。

重政　迫于一种梦幻，迫于一种观念，支撑着你二十年的一场戏剧。现在，这场戏剧已经结束了。今后……

重巳　今后？

重政　今后必须走向现实。

千惠子　（对额间）说真话，我很想同你结婚，尽量不出现于童话的结婚。啊，我已经听厌了什么王子之类的故事。世界上再没有像你这般最不像王子的人了，胆小怕事、贫乏无味、生就一副完全没有性的魅力的脸孔。

额间　又开始数落我啦。

千惠子　（颇为浪漫地）生下之后从来不知道什么是青春的面孔；带着一副恶意、憎恶和恐怖，始终眯缝着不断监视别人的眼睛、满是皱纹的青黄的面孔……别管我是哪里的姑娘，有没有实质性的内容，看到那张面孔，就打算装聋作哑。我想和你这副面孔结婚。

额间　不过，我还有帝一君啊。

千惠子　要是没有帝一君你会如何？

额间　（按住腮帮）绝不可能，那我将失去生活的目的。（突然目光闪亮）你想束缚别人的自由！小姐，你真了不起啊！

重巳　（对重政）反正我不离开这个家。

重政　那将会发生世上常见的三角关系。这也会成为现实。

重巳　哈哈，哥哥会带着一副不得不承认现实的面孔同我交往吗？

重政　（烦躁地）我无须别人帮助，我无须别人帮助。我是一家之主。这个家已经堕落殆尽了，我必须重振家风！

重巳　一家之主？

重政 说起来，你只是一个食客。

重巳 可不是嘛，我觉得哥哥也是个食客。

〔重政悲苦之极，沉默。

枫 （对帝一）眼看就要分别啦。

帝一 嗯。

枫 打起精神来！今天一早我见到你之际，短剑虽然已经揣进额间怀里，但你依旧精神抖擞。

帝一 如今我认为童话都是谎言。

枫 不是的，绝不是那么回事！

帝一 我不是说阿里子在撒谎，只是情节不一样罢了。短剑一旦被海盗抢去，就不可能再夺回啦。

枫 绝不是那么回事。世上的人都这么认为。不过，我写的童话，都不是这样。少年尤加利，终究会胜利！

帝一 真的？

枫 当然是真的。

帝一 然而，现在不得不分手啊。

枫 请看这咖啡，我们一旦喝完咖啡，那才算是分别。

帝一 那么说，也不一定全都喝完，对吗？

枫 喝剩的咖啡渐渐冷却，后悔地黑幽幽沉积于杯底，不论是苦是甜，都一概冷却，不能再喝了。咖啡必须趁着浓浓香味时喝下。是的，一切饮料，都必须趁着有

香味时喝下去。然后到了该分别的时候，才高声朗朗
地道一句："再见！"

帝一　一切饮料，都必须趁着有香味时喝下去。我今天一
整天都在喝着美味的东西。剩下的只有恐怖……

枫　你会比我活得更长久。今后，你喝下的不光是恐怖。

帝一　少年尤加利没有年龄，少年尤加利不会变成一个老
爷子。这样一来，少年尤加利的一生，既是十分长久
的，又像是只有一天。

枫　为什么？

帝一　不过我觉得，明天的我已经不是少年尤加利了。

枫　鼓起勇气来！帝一君，鼓起勇气！

帝一　怎样才能再次鼓起勇气呢？

枫　你的勇气只是稍微在打盹儿，就像窗户下边午睡的
狗儿。

帝一　狗也许死啦，是给汽车轧死的。

枫　不，嗡嗡乱叫的金色的蜜蜂飞来了，鼻尖感受到夕
风的寒凉。如此细微的变化，都会使狗的眼睛更加
明亮。

帝一　怎样才能鼓起勇气……

枫　好事吗？（对着帝一耳畔细语）

帝一　（惊讶）我不能这样做。

枫 没有不能的事情。你就是少年尤加利。不妨试试看!

帝一 不行啊。

枫 你不要忘记,你本是个坚强勇敢的男子。

帝一 你不是说过,道一声"再见"之时,应该高声朗朗地问候一声"您好"吗?

枫 是的。

帝一 送牛奶的人没有来的早晨;窗帷缝隙望不到阳光照耀金色草丛的早晨;所有的公鸡被宰杀、听不到鸡叫的早晨……倘若眼下碰到这样的早晨,那将如何问一声"您好"?那样的早晨,还有谁道一声"再见"呢?如此一来,都会为杀光的公鸡而哭泣。

枫 再见吧,鲜血淋淋的羽翅,随着晨风飞扬。早晨来临之后,若是不说声"您好"……

帝一 ……您好。

枫 声音再大些!

帝一 我说不出来啦。

枫 不是吗?还是什么话不说为好,在分别时候。

重政 (对阿里子)你们可以充分说说话,充分地说吧。说完就互相忘掉。你是懂得"情绪"的,同时,我们建立伙伴关系。(阿里子没有回答)

重巳 嫂子,我公平地尊重你的感情和回忆。等到可以回忆的时候，我们再一次沉浸于回忆之中度过吧。这样可以不遗留什么伤痕，只保留美好的无害的记忆。嫂子，这可是大人们的智慧，不是吗？（阿里子没有回答）

千惠子　妈妈可以适当地摆脱一些少女趣味，对母亲来说，今天实在是经受历练的好日子。我看到母亲的表现，反而及早摆脱了年龄相应的少女趣味，早已抵达我应该待在的地位。尽管有些孤独、深闺闲暇之感，但心情无比舒畅。如此到明天，就可以作一次愉快的旅行。（阿里子没有回答）

额间　好的。喝完这杯咖啡，不用再说些低级的话，我们便告别而去，不再叨扰你们，再给你们添麻烦了。

枫　（对帝一）走吧。

　　〔帝一站起，悄悄走近额间，突然伸手插进对方内部衣兜，抢夺短剑。额间立即抓住帝一的手，互相争夺。重政、重巳站起，将帝一按住。帝一垂手，又回到原来椅子坐下。面孔伏在桌面上啜泣。阿里子伸手扶在他的肩膀上。众回到原来椅子上，默然片刻。此时，玄关传来门铃的奇妙的响声。

千惠子　哦，有客人。

　　〔她站起身走过去，打开大门。第一幕中的勘次和

定代两人的幽灵同千惠子交肩而入，身穿和第一幕
　　一样的服装，只是悉数变得纯白一色。幽灵进入
　　时，只站在房子一隅。千惠子回返。

千惠子　好奇怪呀，打开大门，没有一个人影。我问"是
　　哪一位"，门外一派寂静。

重政　或许因故障而使得门铃误响了吧。

重巳　可能是。

　　［正说着，勘次的幽灵将重巳杯里剩下的咖啡端起
　　来，猝然泼在重巳脸上。

重巳　啊，哥哥，不得了啦。这玩笑开得太过分啦！

　　［定代的幽灵用重政的咖啡杯敲击重政的头颅。

重政　干什么呀？太失礼啦！

重巳　不要学孩子脾气，有话只管说嘛。

重政　当然有，也许我对你假装 Bohemian[1] 不太满意的缘
　　故吧。你这个技艺拙劣的画家，在国外当了十五年乞
　　丐，算得什么？还装得了不起的样子。

重巳　你不要口出狂言，尖酸刻薄，生活无能。对于不想
　　和你同床的妻子低三下四，把自己的妻子高捧为"艺
　　术天才"，赚钱买女人。什么英语科毕业？你这个不

1　Bohemian，生活豪放不羁的艺术家。

务正业的知识分子！

重政　你才是混混儿。赖在人家里不走，专横跋扈，白吃白喝，为所欲为。

重巳　我心有顾虑，本不打算对你说明。虽说沉默，是阿里子在养活我呢。

重政　请不要对我老婆自作多情！

重巳　仅仅是名义上的丈夫。

重政　什么？（正要立起）

枫　哎呀，哎呀。家中有客人，瞧你！

　　　［插在二人之中，好容易使他们平静下来，分别回到原来椅子上。另外，勘次和定代的幽灵，转到额间背后，勘次抓住额间的腮帮。

额间　啊，猛然疼死我啦，简直受不了啦！或许染上危险的病啦！

千惠子　真可怜，额间先生，真可怜！你的脸疼得很棒，仿佛背负着整个世界的痛苦！我给你抚摸一下吧。（将椅子挪近额间，抚摸他面颊。定代的幽灵这期间亲密地抚摸千惠子的头发）真高兴，当你最痛苦的时候，还在抚摸我的头发。好亲切啊！啊，竟然有人为我抚摸头发，这可是生下来从未有过的事啊。长到这么大，不曾被人爱过，更没有人为我抚摸头发，就这样变成一位皱纹满脸的尼凯尔公主太太!

额间 有我跟着你,尽早停止这份痛苦吧。(勘次的幽灵,抚摸额间的头发)这回你给我抚摸头发,真舒服啊!我也是生下来头一次啊。一根根头发渗进你的温柔之风,浑身都很轻松。

　　[说着紧抱千惠子。勘次的幽灵将手伸进额间上衣内兜,拔出那把蔷薇短剑,使其款款飞行于帝一面前。

帝一 啊,蔷薇短剑!那把蔷薇短剑重新飞回我的身边来啦!

　　[听他喊叫,众一时惊呆,眼看着短剑在空中翩翩飞舞。额间欲伸手捕捉,短剑逃离。短剑仿佛嘲笑每一个人,它逐一飞离开去,最后被帝一紧紧握在手里。

帝一 (紧握短剑,一跃跳上桌面,挥舞短剑)看哪!看哪!短剑又回到我手里啦!海盗们,我要将你们杀光!快,大家老老实实把脑袋交来!

枫 帝一君,不可乱来,还是让他们继续犯错为好。

帝一 你们继续执迷不悟。你们怀着卑鄙的心理,对我和阿里子倍加侮辱。额间,你想死吗?

额间 我不想死……我可不想死啊!

帝一 那好，那就从这里滚出去！快点滚！不要让我再见到你。

千惠子 额间先生，那就走吧。

额间 那么……

帝一 还磨磨蹭蹭干什么？不要命啦？

额间 好的。

千惠子 我也一起走。妈妈，我要跟这个人结婚。那么，你的牙疼怎么样啦？

额间 （伸手按住腮帮试试）啊，似乎全都好啦。

千惠子 万事皆周全。帝一君，谢谢你。枫先生，再见！至于婚宴那就免除了吧。

　　〔说罢，就挽着额间从上首玄关下。

帝一 （对重政、重巳）你们也是海盗。一开始是我的同伙，后来背叛正义，背叛了我，沦为海盗。杀了你们也不足以解我心头之恨！立即滚走，可以饶你们一命！（手握短剑）怎么样？想被杀死还是立马出去？

重政 （请求救命）阿里子……

枫 我已经不能救你啦。你很可怜，不过……你是知道的，自很久以前，我们的生活就已经结束。

重政 我不这么看……

帝一 滚出去！滚出去！滚出去！

重政 请等一等，再让我们说会儿话吧。

帝一 好吧，再给你们一分钟，只是一分钟！

〔双膝并拢，抱腿坐在桌面上。

重政 我虽然不这么想，可是打什么时候开始，你有了这个不同的想法呢？

枫 您让您的女人第一次出入这个家的时候，自那以来。

重政 （眼睛发亮）你吃醋了吧。

枫 不，我只是忍受。

重政 为了什么呢？

枫 您什么也不知道呀。我有着您所不知道的女人的生活啊。复仇，要付出代价，憎恶也要付出代价……

重政 那么爱呢？

枫 爱只是一瞬间。

重政 你是指二十年前我和重已犯罪的那一天吗？

枫 不是的，是第二天夜里。当时，我一直坐在公园树荫下的长椅上，准备杀掉您。这时，您走来了。一看到您的面孔，就不打算杀您了。就是那一瞬之间。

重政 为了复仇结婚，为何以前都忍着呢？

枫 我已经说了。因为每次复仇都要付出代价。

重政 傻瓜，那代价不就是再爱我一回吗？

枫 我自己也明白，因为不能再爱，只好坚忍。

重政 你选择伪善吗？

枫 选择的同您一样。

帝一 （再次站起）好啦，时间到啦！滚出去，快！

重政 还不到你说的时间，只好走了，再见，阿里子。

枫 再见。（重政离去）

帝一 （对重巳）干吗还磨磨蹭蹭的？你也是海盗，要是
不想被杀，那就赶快滚出去！

重巳 （默然讪笑）我不会离开的，小哥哥。

帝一 为什么？

重巳 因为我是这个家里不可缺少的人物。

帝一 你磨磨蹭蹭，我不会答应。

重巳 小哥哥你逐渐会明白的，咱俩对阿里子夫人的爱，
缺了谁都不行。所以，我们要和睦相处，共同分担。

帝一 别说了，我不明白，赶快滚出去！

重巳 你会后悔的，小哥哥。到时候你就会需要我啦。

帝一 你是个卑鄙无耻、海蛇般的恶人，比海盗还劣等。
阿里子，我要杀掉他吗？

重巳 （默然讪笑）阿里子夫人，问你呢。你如果不加制
止，至少是要犯教唆罪的。

枫 帝一君，就照你的意思办吧。

帝一 好!

　　[跳下桌面,挥舞短剑,追杀重巳。

重巳 救命啊!要杀人啦!

　　[自上首玄关逃走。帝一正要追逐。

枫 帝一君!

　　[帝一回首莞尔。片刻,两人自远方相顾而笑。帝
　　一将短剑插入腰带,快步奔向阿里子,拥抱。

帝一 都走啦!都离开啦!只剩下我们两个人了。

枫 (提高嗓音)你胜利啦!我说过,你会胜利的!

　　[幽灵二人,侍立一旁。

勘次的幽灵/定代的幽灵 我们一起来访请求救命啊。

　　[此时,可以认为幽灵第一次显现于阿里子与帝一
　　眼前。

帝一 啊,你就是勘次吗?

枫 定代夫人……

勘次的幽灵 我们是夫妇两人的幽灵。

枫 哦,怎么回事啊?

定代的幽灵 今天早晨,我们来这里探访,回去途中,两
　　人亲切地依偎着,小心翼翼地走路,还是都被汽车轧
　　了,两人都被轧死了。今天的晚报刊登了消息。《老
　　夫妻被撞皆迅速死亡》,真讨厌,我不记得我和勘次

君做了夫妻。

枫　啊，真可怜！

勘次的幽灵　不过，这回好啦，先生。汽车的轮子亲切地碾轧着我们，正如人有善恶一样，汽车也有善恶。那一辆很好的汽车，它碾轧了我们，是的，就像猫儿将肥硕的爪子轻柔地压在睡眠的眼皮上一般，同样压在了我们的身子上。哎，来啦，我把身子及时填进轮子底下，那一瞬间尝到了难以形容的快乐之情。我倏忽瞥一眼司机师傅的表情，一副慈眉善眼的佛爷相貌，满含着亲切的微笑。这时，一切都结束了，可以放心了，可以大大地放心了。人生没有什么了不起的。那副灰色的记忆锁链没什么了不起。从今以后，在混合着赞美诗而创造人生躯壳时，就不用再担心人们的厌恶了。

定代的幽灵　我们是招人喜欢的幽灵。

帝一　对不起，我说过你们的坏话。

勘次的幽灵　哪里，没有的事。是我们错了。……眼下，我们不是逃脱人生，来这里访问了吗？我们为英勇无畏的少年尤加利尽了份力气。

定代的幽灵　（拿出一条漂亮的皮带送给帝一）来，勒上这个吧。将蔷薇短剑系上金链子，吊在皮带上。

勘次的幽灵　（拿出凤冠）先生，不，现在要做公主啦，

　　　要是戴上这顶凤冠……

定代的幽灵　（拿出另一顶王冠）从戴上这个开始，您就

　　　是王子啦！

　　　［阿里子和帝一各自手捧金冠。

枫　多么漂亮的金冠啊！

帝一　缀满了蔷薇宝石。

定代的幽灵　那是真正的蔷薇宝石，不是象征性的蔷薇宝

　　　石。请仔细瞧看，蔷薇花原封不动地变成宝石。

勘次的幽灵　长久埋在土里的绯红色蔷薇变成了宝石。花

　　　瓣的颜色不变，香气不变。只是变得玲珑剔透、光耀

　　　夺目、永不凋枯的蔷薇罢了。

定代的幽灵　蔷薇不会干枯啦。

勘次的幽灵　维系这个世界的神灵已经失望，遂将王权让

　　　给蔷薇。

定代的幽灵　这就是作为标记的蔷薇。

勘次的幽灵　这就是永远不凋的蔷薇。

定代的幽灵　蔷薇的外侧及内侧。

勘次的幽灵　只有蔷薇能包容世界。

定代的幽灵　月亮也镶嵌在内。

勘次的幽灵　星星也都进来了。

定代的幽灵　从此以后，这个就会变成地球仪。

勘次的幽灵　从此以后，这个也会变成天文图、哲学和占星术，尽皆藏在冻结的花瓣一朵绯红之中。

枫　爱情也是吗？

勘次的幽灵　是的，爱情也是。

帝一　勇气呢？

定代的幽灵　是的，勇气也是。

勘次的幽灵　不光是这些，算盘、借贷统计表、政治、议案、打字机、大城市、地下铁、报纸、挂历、周日的约会……所有这一切，都在其中。

定代的幽灵　来吧，戴在头上吧。（说着，给帝一戴上。两人戴着金冠，相视而笑）

勘次的幽灵　现在准备得已经很齐全，那就开始举办婚礼吧。听，（侧耳）那支歌又传过来啦。

　　〔倾听《月光庭园》的合唱。

帝一　是《月光庭园》之歌！

勘次的幽灵　好，请吧。好，请上来吧。（扎拉扎拉恶魔从窗外爬进来）哎呀，哎呀，第一位客人就是不一样啊！

帝一　呀，是扎拉扎拉恶魔啊。（帝一走近，张开手掌，引向桌边，使其坐在桌面上，抚摸其头）就是你吗？

使得额间牙齿疼痛，救了我的命？

　　[扎拉扎拉恶魔点头。

帝一　你是个好孩子。不过，你不愿意跟在我和阿里子身边。

　　[扎拉扎拉恶魔点头。

勘次的幽灵　来，下面一位请。

　　[爱犬马福爬了进来，同帝一嬉戏。

帝一　是马福啊，你怎么啦？你一直在哪里？你很出色地救了我。不过，今日的冒险，你没有救我。你不能再离开我身边呀。答应我："是！"

马福　汪！

帝一　好的，好的！

　　[抚摸狗头。接着，迸发而出的众星的居民、凯特星的居民、真的尼凯尔公主、童话里的动物，都爬了进来，各就各位。

帝一　这人是谁？

枫　凯特人。

帝一　这个人呢？

枫　迸发而出的众星的居民。

帝一　大家远道而来，好，握握手吧。（握手）

枫　好，大家请用餐吧。回头还有许多美味食品。

[众客人相视而喜。

勘次的幽灵 好吧，婚礼开始啦！（宛如捧着圣经的牧师，将手捧着的厚厚的童话集，翻到最后一页）这个……这个，可以吗？读一读故事的最后一段吧。"少年尤加利征服了王国，在世界上成为一等勇敢的王子，而且同世界上一等美丽的公主结婚了。他们将度过快乐的余生，那可是幸福的一生啊！

客人们 多么幸福的一生！

[与这句台词同时，舞台全景室内道具，徐徐透明起来。背后出现了童话式的背景——接连不断的庭园式梦幻的风景。一轮硕大的月亮从中央升起，勘次和定代的幽灵谦恭地守候于餐桌上首和下首。

帝一 月亮升起来啦。

枫 月亮一直躲藏在地底下呢。

帝一 我们身在王国。

枫 嗯，我们身在王国。

帝一 喂，你……

枫 哎？

帝一 我们不是做梦吧？

枫 放心吧，一切都托付给我吧。纵然您在做梦……

帝一 嗯。

枫 （果断地）我也绝不会做梦。

—— 幕落 ——
一九五八年三月三日

自作解题

（之一）

在有限的汉字世界中，之所以用"蔷薇"二字作题，是因为我对这个词语具有一颗执着的心。请仔细瞧看，"蔷"这个字，是对"蔷薇"繁复的花瓣形态的原本描摹；而"薇"字却似乎使人看到了它的枝叶，不是吗？

这出戏的情节，是我待在纽约时利用空闲，在头脑里反复琢磨而作成的。要问当初如何获得的灵感，或许多半是在去年九月皇家芭蕾舞团（原名为萨德勒斯威尔斯芭蕾舞团，The Sadler's Wells Ballet）来纽约演出《睡美人》的时候，使我获得联想，而此种想象尤其来自最后一场节目（divertissement）。

那么，我是如何获得联想的呢？仔细看看舞台表演就会明白。

故事的情节不说了，单单看看女童话作家和喜爱童话的白痴青年之间的恋爱剧吧。以往，我不曾写过恋爱剧这类东西。这么说来，对于现代日本语中有关爱情的词汇，在舞台上如何表达实在是羞于提及。倘若设定这部作品的特殊场景，我想就只能是浪漫的爱情戏。

然而，要是把《鹿鸣馆》当作浪漫剧目，那么这部《蔷薇与海盗》就只能是我独有的具有现实要素的戏剧。

此次，我能和《鹿鸣馆》的导演松浦竹夫先生一道工作，与同时代的导演与剧作家联手创作，逐一完成作品，对于我们自身来讲，这不仅是戏剧工作的一种形式，同时也在培养一种良好的惯习。

舞台装置获得了真木小太郎先生的帮助，也使我很高兴。很早以前，我就为他在日剧以及日剧音乐堂那种洁净、洗练的舞台装置而倾倒，并且一度请他为我做过舞剧的装置；这回真木先生出于友情，并且获得了对于此种友情表示理解的东宝长谷川戏剧部长的协助，他首次以话剧崭新的装置装饰舞台。特附记于此，以示谢意。

（原载《每日月刊》，1958 年 4 月）

（之二）

"世界是虚妄的"，这是一种观点。也可以说成"世界是蔷薇"；不过这种变换的说法是行不通的。眼前可见的蔷薇花，盛开在任何一座庭院，司空见惯；但尽管如此，要说"世界就是蔷薇"，会被当作疯子。假若说"世界是虚妄的"，就很容易被接受下来，还会被作为哲学家受到尊重。此种现象极不合理。即使说什么虚幻，也并非像花儿一般随处开放。

本剧中的女主人公枫阿里子，以身作则，牺牲自我，一直忍受着此种不合理的生活。但她并不承认这就是不合理，并欣然接受一个断定"世界是蔷薇"的稍显颓废的青年的突然造访。两人之间不产生恋情那才怪呢。

先不管道理如何，且说本戏剧中我所注目的正是阿里子和帝一的爱情戏。此种爱情戏不成功，整个剧目就绝对不可能成功。在现代风俗中，有条件使得舞台上的爱情戏获得成功，这些有力的因素，可以说反而诱导这出戏剧的奇矫的情节。我之所以怀有如此的确信，就是说，我为了将与浪漫时代同等的爱情戏搬上现代风俗的舞台，就只有让童话女作家和她的"粉丝"——三十岁的白痴男，还有一对厌恶性欲的女子和没有性欲的男人组合的"情侣"登场。

本剧中的爱情戏，宛若芭蕾舞的爱情戏，感情真率，干净利索，一扫犬儒主义，彻底铲除自我意识、以及羞耻与怀疑。这比那甜得发腻、比起蜜糖还要甜的世上最甘美之物，更为甘美。在这出喜剧之中，唯有爱情戏必须做到严肃认真。为什么呢？因为在这出戏中，全都是使得剧中人具有令人发笑的因素，由此产生宣泄疗法，使得现代人长期淤积的笑的冲动全部喷发出来，以此确保爱情戏的纯粹性。我的企图是有意避免把这部剧目定死为"喜剧"。

（文学座剧团演出说明书，1958 年 7 月）

（之三）

回顾这部戏剧初演时，时代和人都变了。由《睡美人》（原文为《沉睡的森林美女》）的 divertissement 而构思创作的这部戏剧，在当时来说，虽然具有骄人的令人瞠目而视的反时代性，而现在如何呢？假若不失之于陈旧，较之原作的功绩，看来也只能仰仗导演与演员的演技了。

然而，我心中至今对于此剧主题丝毫未变。即使形式变了，面向虚妄的信仰不衰，不仅不衰，而且愈演愈烈。蔷薇诗人的内在原理，就是依据蔷薇花朵的玄妙而不可思议的变化性质而产生多种变形。不过，由于那种隐蔽的本质，使得蔷薇不会改变。这就是 奥布里·比亚兹莱[1] 所说的《神秘的蔷薇园》的蔷薇，W.B. 叶芝（Yeats）久远的蔷薇，或者就是世阿弥之花……也就是更加深邃的内面，随时都和外面相连而展开，更加深远更加绽放的鲜花。换成日本流式，亦即"幽深而恒定"之花，非蔷薇莫属。

这出戏剧对待性爱也离不开蔷薇。以拒绝性爱，而借以抵达最高性的欢乐。那最后一场的童话的婚礼，存在于所有的童话之中。

---

1 Aubrey Vincent Beardsley（1872-1898），英国天才插画艺术家、作家，为鲁迅和郁达夫所盛赞。

"从此以后，王子和公主过着世界上最幸福的生活。"

这一关键的语句，必须传达出几近猥亵的震动。无上幸福的猥亵，近似死的猥亵。脱离现世，同时实现自我脱离。因此，这出戏剧中的舞台人物，既不需要个性，也不需要性格。

（浪漫剧场剧团演出说明书，1970 年 10 月）

熊
野

ゆや

宗盛公馆之场

梦间惜春春已至。梦依稀，情迷离，群芳绽放，欲寻百花心儿喜。

［舞台中央，平宗盛身被华美和服昼寝，略呈武将风姿。蓦然梦醒，甩开华服，深深打了个大哈欠。

宗盛 啊呀，春色烂漫，春光无限。庭前紫陌红尘，乱花渐入迷人眼。忽觉得，头昏昏，意绵绵，浑身里自是那不舒坦。有人吗？有人吗？（用扇子击打掌心）

［"来啦，来啦。"侍女早蕨和侍女若菜，应声登场。跪拜。

宗盛 此处乃平氏宗盛公馆。尔等不必畏畏缩缩，一本正经、装模作样。那表情绝对要不得，禁止！城中花市传闻多多，尔等也来讲给俺听听，以便于驱散俺沉沉睡意。

早蕨 将军自然有吩咐，小女就请赏脸啦。

若菜 请观赏花舞。

两人 跳上其中一段。

宗盛 噢。跳吧，跳吧。

为花为爱百怨生，哎呀呀，倒也真情。莫说是名副其
实，瞧，敲钟老僧，却向你表示浊世之俗，特意展现
佛的罕见艳容。那山雀羽翅轻扇，鸣声婉转，吟唱着
家传的秘曲，半隐于花间，半飘于幕前。哎呀，哎
呀，哎呀……（据元禄时代俗谣集《松之叶》）

〔两侍女起舞，近半，宗盛起而舞。两侍女停而观
宗盛舞。宗盛独自一人，形体笨拙，并漏跳俗间小
曲。"哎呀，哎呀"两侍女大声喧呼。

宗盛　真是有趣！今日正值樱花盛开，如此关在自家宅
中，实在可惜，可惜。好吧，咱们一同赏花去吧。

二女　遵命。

宗盛　也去知会熊野一声，叫她快些打点停当。

二女　遵命。

宗盛　此间自远江之国池田驿站带来的熊野娘子，言其老
母病体，屡屡告假，欲回乡探望母病。然而一岁之
春，花不等人，赏花之友，没有熊野相伴，还有什么
兴致？看来，俺只好重新装扮，远出清水寺。这也须
叫熊野娘子一同装扮。

两人　要禀报熊野娘子吗？

熊　　野

宗盛　嗯，是熊野娘子。熊野，熊野，俺这里高声唤，情
　　　思缱绻，愿将春风作衣衫。

　　　〔三人自上首登场，一人手持华丽和服下。

加一袭旅行装，一路上餐风饮露，日夜兼程，朝颜来
到帝王乡。

　　　〔一个"略显民女装扮的美少女"上场。旱蕨自上
　　　首复出。二人相会于舞台中央。

旱蕨　来者何人？

朝颜　小女俺来自远江国池田驿站，名叫朝颜。

旱蕨　那么说，您是熊野娘子家乡来的？

朝颜　我是不顾千里之遥，前来迎接熊野小姐的。

旱蕨　迎接熊野小姐？

朝颜　是的。近来，她家老母病重，几次都想派人来接她
　　　家去，终究没有成行。此次派俺朝颜前来迎接。请
　　　问，熊野小姐她在何处？

旱蕨　明白。

朝颜　那么，她可以家去了吗？

旱蕨　不行啊。

朝颜　哎呀。

早蕨　请在这里稍候。

　　[跪坐等候。歌唱。

　　春前有雨花开早，四条五条桥上，男女老少，贵贱都
　　鄙，五颜六色，丽衣飘飘。彩袖翩翩，云飞雾罩。樱
　　花九重开八瓣，不负名品醉春朝。

　　[花道幕启，熊野即出。玉立于七三黄金分割之处。
　　特意展现明朗之动作中，依然浸染着哀戚之容。随
　　后进入主舞台。

朝颜　熊野小姐！

熊野　哦，是朝颜，真是太想你啦！

早蕨　（隔着朝颜这位熊野的小伙伴）熊野，刚才将军发
　　话，想去清水寺赏花，请娘子早早备装。

熊野　（不听）朝颜，我母亲身体到底如何啊？

朝颜　唔，这里有书简一封。

早蕨　熊野娘子！

朝颜　熊野小姐！

　　[两人立于熊野两侧，毕恭毕敬。朝颜拿出信交给
　　熊野。熊野读信。早蕨跑向上首，下。

熊　野

愁云布墨色，忧戚织彩笺，双目积泪似雨帘，一杯苦酒强下咽。

[一身平服的宗盛，由二女陪伴上。

宗盛　熊野啊，为何如此迟缓？

熊野　这位女友朝颜，从家乡池田驿站带来一封老母的信笺。

宗盛　什么，你母亲的信笺？（随之走过来坐下）

熊野　这就是。（献上信笺）

宗盛　俺且不看，娘子只管大声读给俺听就是了。

熊野　是。（含带唱念谣曲的语调读信）

甘泉殿，春夜梦，便是心碎之端；骊山宫，秋夜月，乃成无终之怨。

熊野　（歌之）末世一代教主如来，亦难逃生死之枷锁。请问，这个春天，将军要做些什么呀？

年迈似枯木朽，一年花艳，一岁春情，生生涌上我胸怀。早也待，晚也待，只巴望亲生女儿早归来，骨肉团圞，以慰我愁思解。到如今，寿将尽，心渐衰，莫非要等得莺声老，柳叶败，扶棹汍澜哭声哀？

熊野　小女仅就一事请求将军获准，暂时赐小女回乡探望
　　　　母病。小女母女睽离多年，老母于存命期间屡屡催
　　　　返。唤我回去，唤我回去，（哭泣）趁老母活着，趁
　　　　老母活着，见上一面，以解我长年思念。

　　　　人生百年，终有一死。垂老之别，总难避免。思女慕
　　　　切，一日甚于一日。想起古人之教，泪如泉涌，被迫
　　　　停笔。

　　　[熊野读完母信，默然不语。
朝颜　殿下恕罪，彼之老母，危在旦夕，熊野之悲，已如
　　　　此矣。小女亦为之请求，万望赐予东归，以了却母女
　　　　长久之思。
宗盛　嗯，老母之痛，固然可怜，但今春赏花之友，俺却
　　　　不能轻易准假。
熊野　恕小女回话，樱花逢春盛开，岁岁年年，不限于今
　　　　日。而老母之命，犹如断线之珠，随时可成永别之
　　　　日。故为之乞求赐假，回乡探母。
宗盛　今年之花仅限于今年，花与人命选取哪方？生于此

熊　野

世，赏樱观花，实乃今日之大事也。老母之体，宗盛之命，皆似晨露。今生花宴，不得欠席不至。

熊野　人之命与花之命……

宗盛　花之命，且夕即逝。

朝颜　实可谓忍泪伴君去赏花……

宗盛　恼人时刻樱花艳，又添熊野正烂漫。此乃舍弃今日不再回返之花矣。心不可弱，务必使之与俺同车同乘，相亲相伴赏樱去也。

同行以慰我心间。

宗盛　速将牛车赶来。

虽令速将牛车赶来，然此乃家事不可强勉。这边厢好言相劝，那边厢玉颜愁惨。心儿亦当作回乡车，早已飞向远江国。虽牛车缓慢，兽足无力，但有如花宝眷，良辰美景奈何天，相从相伴，可慰俺一路影不单。

［宗盛留住朝颜，随即引领熊野偕同两侍女，荡荡悠悠，前往清水寺。紧接下一场。

清水寺之场

[上首舞台表示来世之彻悟，下首舞台表示现世之快乐。幕启，下首红毛毡上摆酒宴，宗盛令二侍女把盏，花下独酌。

宗盛　熊野哪里去了？

若菜　还在佛殿之上。

宗盛　（望上首）还在佛殿之上？……（忽然烦躁起来）快叫她来，花下酒宴没有熊野临席，百饮不醉。快快去吧。

若菜　是，是。（前往上首楼梯口）熊野娘子，熊野娘子！速来吧。花下酒宴已经开始。将军在等着您呢。快，快去吧。

（歌声）

勿着急，勿焦躁，听我慢慢说根苗。玉貌花颜独憔悴，熊野祈祷，也是寥寥草草。

[熊野慢悠悠从上首里间顺着楼梯下来，走到宗盛面前，叩拜。

熊　野

宗盛 娘子祭拜清水观音菩萨了？

熊野 是的。

宗盛 如此甚好。你家老母不久也将康复。这里，趁着尚未黄昏时分，你陪俺饮上几杯，颇为要紧之事。熊野呀，一旦……

　　〔饮酒，歌声。

好时节，来清水，拜佛赏景。老高僧，湛心师，雪眉高耸。小侍僧，伴师傅，下阶相迎。

　　〔上首坛上，老年僧正湛心，在年轻侍僧清圆陪伴
　　　下，出场。

清圆 师傅来这里作何事？

湛心 适才有一位女子前来求愿，脸上充满悲哀之情。似乎想斩断浊世羁绊，一死了之。老僧见她苦恼之姿，随起怜悯之心矣。

和颜爱语乐无限，仰宏大誓愿船，速解缆，搭救熊野回返。

清圆 师傅，不论何时望去，这清水寺佛殿之花，都是一

派好景致啊！

湛心　我等无须像俗众那样，匆匆忙忙，走马观花。我们可以朝夕傍花而坐，日夜伴花而眠。

清圆　就像是待在佛陀身边。

湛心　清圆，那么，咱们的樱花，总有一天会改变的啊。

　　〔说罢坐下，两人读经。忽然传来一阵热闹的锣鼓声。

这边厢华彩烂漫，正举办宗盛卿生日盛筵。

宗盛　（吟咏）花槛前，笑朗朗，怎么会尚未闻见？（起舞）

大清早，踏落花，相伴而出。夕暮时，随飞鸟，一路回还。九重樱，盛开八重花瓣。一年年，重叠着几代春色。——所出《西行樱》

　　〔由此起侍女二人不离身边。

饮酒，饮酒，杯酒之乐，饮少辄醉，醉卧青山，快乐无限！饮酒快乐，谁人能知，大醉一场，胜过一

熊　　野

切。不足，不足，斟酒，斟酒，喊哩哗啦，喊哩哗
啦。——所出《催马乐》[1]

　　〔舞罢，宗盛大喜。随即轻柔音乐声起。上首两僧
　　人读经声动人心弦。

观自在菩萨，行深般若波罗蜜多时，照见五蕴皆空，
度一切苦厄。

　　〔随后再次转入热闹的锣鼓曲。

宗盛　我跳这个舞呀，熊野，是专门为慰藉你的身心的。
　　这回你为我，哪……

早蕨　熊野娘子，跳一曲吧。

若菜　跳一跳吧。

宗盛　瞧那边樱花烂漫，熊野呀，跳吧，跳上一曲吧。

熊野　远望前方（含忧而起）花前蝶飞舞，纷纷乱如雪。

1　平安初期出现的歌谣之一。商代民谣借助"唐乐"编制而成，演奏乐
器为筚篥、龙笛、琵琶、筝等。歌词：律25首，吕36首。曲于室町时代
废除，现在已有10首获得复兴。此段来自《胡饮酒》言其饮酒之乐，醉
酒之快，跃然纸上。

柳上莺飞，片片似金。峰上云立，初樱醉芳春。祇园林下河原，遥望南天。大慈大悲，护佑众生，好似云霞淡淡。

　　[忽如左方悠然之音乐，熊野被邀至上首，含悲合
　　　着经文起舞。

色不异空，空不异色。色即是空，空即是色。受想行识，亦复如是。

　　[又忽而转为热闹之曲，熊野翩翩起舞，逐渐移向
　　　下首。

熊野化身，芳名如今，依然是熊野。稻荷山，红叶浅，青叶秋天。樱花春光清水寺，春光无限，寻芳筵，千杯万盏。

　　[再度伴随悠然之诵经声应邀前往上首。可是这回
　　　啊，心儿澄净，舞儿动人情。

无无明，亦无无明尽。乃至无老死，亦无老死尽。无

熊　　野

苦集灭道，无智亦无得。

[再行回复热闹，至下首。

山名音羽，风卷樱花白如雪；情深似海，知人知面又知心。

[又往上首。

以无所得故，菩提萨埵，依般若波罗蜜多故，心无挂碍。

[宗盛自下首走来，转入热闹的连续舞蹈。舞女们加快速度，达到最高潮。

经常想看的，卿傍酒盏，春天里，芳樱灿。经常见到的，玉貌丽颜，美景漫无边。樱花盛筵，风雨吹花落无限。吹吧，吹吧，君心不似飞花乱，不往四方散。
——所出《隆达调小歌集》

[风音骤起，花瓣纷纷散落，熊野戛然舞止。

熊野 俄而转为阵雨，花瓣散落满地……

宗盛 阵雨总要吹落花。

熊野 总有这一天啊。

都城也知惜樱花，却让故乡东国，樱花散如霞。

宗盛 哦，故乡东国，樱花散如霞……熊野。

熊野 侬在。

宗盛 你是如此想回一趟故国家乡？

熊野 是呀……（猝然伏地啜泣）

宗盛 （稍事思考之后，急速地）啊呀，言之有理。我将快速准你假期，即可前往东国探望老母。

熊野 啊，将军真的许我假吗？

宗盛 嗯，你可以收拾一下，快些登程。

熊野 多谢。

宗盛 当你再次回到都城，说不定宗盛一颗男儿之心早已改变，而你对樱花与彼地恋恋难舍，所以在此作别方为上策。

熊野 好的。眼下越发恋恋难舍了呀……

宗盛 祝福娘子明年春天贵体康宁，无灾无病。

熊野 也祝福宗盛将军一切安好……

宗盛　嗯，熊野啊，再见吧！

宗盛　舍弃鲜花，还都大雁，金色羽翅宿夜露，日夜向前。

　　　〔宗盛忧思至极，在侍女二人伴随下，沿花道上。

熊野　感谢，这也或许是承蒙观世音菩萨保佑。

熊野　跪拜于佛殿，一心直指东归之路逢坂关口，一俟休憩，观明日山路艰险，东归之心愈炽，东归之心愈炽。

　　　〔欣然起舞，沿花道上场之时，僧二人随之下楼，走到舞台正面，目送熊野远去。歌声断绝，暮夜之钟继续鸣响。

湛心　一无所知，只顾东归，急匆匆不肯回头。

清圆　您想说什么？

湛心　清圆……熊野母亲之命数，将于熊野到达之前终结。

　　　〔二人沉默，又听钟鸣。

湛心　哦，太阳下山了。快快回寺院诵经吧。

清圆　是，师父。

　　　〔二人上楼，樱花散落。

—— 幕落 ——

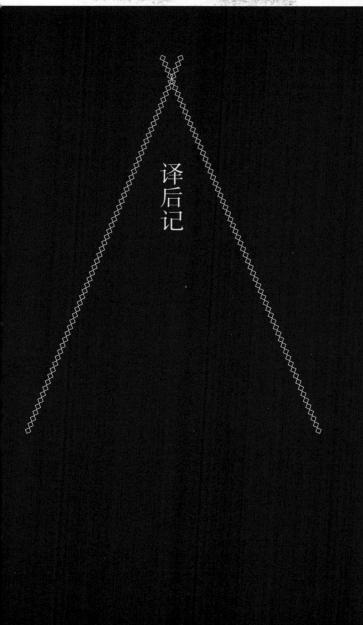

译后记

《三岛由纪夫戏剧十种》出版了，作为译者，我感到由衷的高兴，此时的快乐甚至超过三岛长短篇小说和游记散文出版的时候。

　　其实，日本文坛早就有一种共识，这种共识，不太为我国翻译界所认知，或者说认知甚少。那就是，从文人的资质上说，比起小说，三岛由纪夫更是一位戏剧作家。写小说纵然离不开想象和虚构，但最终多半落脚于现实生活的基础之上。相较而言，小说家（散文更是如此）想象的天地相对有限，虚构与幻想受到制约，而舞台虽小，却可以充分发挥想象，为三岛这位文学骑士提供更广阔的天地，任其上下左右自由驰骋。

舞台的道具、演员的台词和布景装置，也都是富于装饰性的虚设，这些也只能通过剧场内演员、乐队，以及观众之间的互动所产生的欢乐气氛而发挥效用，获得长久的魅力。

三岛一生创作了哪些戏剧，我一时说不清楚。能乐、歌舞伎、影视剧、现代话剧、芭蕾舞剧……都是三岛随时涉足的领域，而且在这些领域都取得了惊人的成果。仅就成书，试举出几种初刊版本：《近代能乐集》（1956）、《鹿鸣馆》（1957）、《蔷薇与海盗》（1958）、《萨德侯爵夫人》（1965）、《朱雀家的灭亡》（1967）……

创作戏剧，自然是为了演出，最终应该回到舞台上去。对于那些习惯于阅读小说的读者来说，叫他们阅读戏剧会有一定的难处。但三岛戏剧是"可读的戏剧"，它会给您带来阅读的欢愉与感动。其实，"读戏"也是理解作家创作思想的一个重要途径。但话又说回来，这不等于说，三岛戏剧只适合于阅读，三岛也不是写作 Lesedrama（专供阅读的剧本）的作家。

好在本书所选录的剧目中，大部分都附有作者本人的《自作解题》，这对我们的"阅读"大有裨益。这里，我只想就《黑蜥蜴》作为重点，谈谈我对这出戏以及三岛戏剧的理解和认识。

《黑蜥蜴》发表于 1961 年《妇人公论》，收录于《三岛由纪夫戏曲全集》（新潮社，1962 年 3 月），这个名称是 1969 年 5 月牧羊社出版时决定下来的。戏剧《黑蜥蜴》取材于作家江户川乱步的小说《黑蜥蜴》。当时，三岛受电影制作者吉田史子将这篇小说改写为系列剧目的嘱托，随之引起少年时代的阅读兴趣，提议将此作改写为舞台剧，得到原作者的欣然应允。吉田提议，原作中地点由大阪转移到东京，通天阁转移到东京塔。情节上以黑蜥蜴与明智小五郎的"恋爱前景"为主轴，增强幽玄与魔幻色彩，使之带有成人戏剧的颓唐之感，强化病态的唯美意味等。此外，还有诸多要求，如"大时代的感觉""歌舞伎般的对白""借助多样化，以弥补故事的不自然"……

1962 年 3 月，《黑蜥蜴》上演于东京产经会堂，导演松浦竹夫，演员水谷八重子、芥川比吕志等。初演时，担当黑蜥蜴这一角色的水谷八重子大获成功。此外，三岛观看寺山修司的《毛皮的玛丽》之后，对丸山明宏（美轮明宏）高超的演技深感惊讶，决定《黑蜥蜴》再演时，自己将同美轮共同登台。从此一锤定音，每次上演该剧，总是由他们两人黄金搭档，分别扮演男女主角。

由小说到戏剧，自然是全新的再创作，是脱胎换骨的改

译后记

造。戏剧《黑蜥蜴》较之小说更加洗练、凝重，强化了三岛文学创作的底色，使得三岛戏剧的创作愈益纯熟。

在美轮明宏的感召下，当时戏剧界的大腕儿演艺家坂东玉三郎、松坂庆子、麻实礼和中谷美纪等，也都不甘后人，各自创造了属于自己的"黑蜥蜴"……

大约十年前，我应上海译文出版社之邀首译三岛，就是由戏剧开始的。我按出版社责任编辑李建云女士提出的剧目，首先翻译了《萨德侯爵夫人》《长刀之夜》（后者因故未出），后来才陆续翻译他的长短篇小说以及游记散文。数年前，一页 folio 重新出版三岛戏剧系列，紧接着雅众文化也出版了三种——《萨德侯爵夫人》《鹿鸣馆》和《早晨的杜鹃花》。

我一直喜欢戏剧，尤其钟情于古典历史剧，中学时代连续阅读了郭沫若的《高渐离》《孔雀胆》《棠棣之花》《蔡文姬》《武则天》等，春秋人物信陵君和如姬叔嫂之间清纯的爱情、盛唐女皇武则天的果决与大气，以及上官婉儿对她的无私崇仰，都曾给我深深感动，使我更加沉迷于中华悠久的历史文化之中。

《萨德侯爵夫人》不单是三岛文学中的佳作，也是现代话剧界的明星之作。上译版一出现就获得读者的广泛好评，同时也深受戏剧专家的赞赏。剧中精彩的台词，一直活跃于读书界青年朋友口里。

目前，三岛长短篇小说，以《绿色的夜》为标志，我的翻译基本告一段落，今后是否继续投入，只能相机行事了。要是还有余裕，再打算译一两部，自然也包括戏剧，比如《热带树》等。

由这次新译的剧目中，朋友们或许可以注意到，我在三岛各个戏剧领域中都想尝试一下。能乐、歌舞伎、现代舞台剧，都有涉及。歌舞伎脚本《熊野》一篇，就是我向古典戏曲挑战的一例。为了译好这篇精短戏剧，我重读了《西厢记》《牡丹亭》和《桃花扇》的精彩片段。对原文中的各种词语形态（俳谐、方言、野语、俚词、街巷俗语、民谣传说等），都在所谓"意译"方面有所创制。不当之处，请专家学者批评指正。

感谢中国工人出版社·尺寸的李骁先生和宋杨女士，从联络到组稿，从策划到编排，他们都给予我有力的支持和热心的指导。没有他们的付出，此书是不可能顺利出版的。在这里，我向两位编辑表示衷心的谢意。

目前，三岛终生的师友，作家川端康成作品的翻译，在中华大地方兴未艾。国内出版界的热烈景象，同日本社会奇异的平静，形成强力对比。不久前，我曾路过一家书店买

译后记

书，顺便询问一位女店员，知不知道日本有一位诺奖获奖作家川端康成，那位小姐嫣然一笑，"王顾左右而言他"。

难怪，不仅川端，还有一些作家、艺术家，较之他们故国，好多都是由我们中国人推上去的，比如东山魁夷，比如渡边淳一。

2023年，川端文学进入公版，译家蠭起。我已暂时摆脱川端译事后的缠绕与羁绊，重新回到三岛戏剧，准备做一些力所能及的完善工作。

知我者，二三子。

陈德文
2023.2.18，春阴之日

图书在版编目（CIP）数据

三岛由纪夫戏剧十种·上 /（日）三岛由纪夫著；陈德文译.
—北京：中国工人出版社，2023.3
ISBN 978-7-5008-8001-1

Ⅰ.①三… Ⅱ.①三… ②陈… Ⅲ.①剧本－作品集－日本－现代 Ⅳ.①I313.35

中国版本图书馆CIP数据核字（2023）第038060号

三岛由纪夫戏剧十种·上

出 版 人	董 宽	
责 任 编 辑	宋 杨 李 骁	
责 任 校 对	赵贵芬	
责 任 印 制	黄 丽	
出 版 发 行	中国工人出版社	
地 址	北京市东城区鼓楼外大街45号 邮编：100120	
网 址	http://www.wp-china.com	
电 话	（010）62005043（总编室）	
	（010）62005039（印制管理中心）	
	（010）62379038（社科文艺分社）	
发 行 热 线	（010）82029051 62383056	
经 销	各地书店	
印 刷	北京盛通印刷股份有限公司	
开 本	787毫米×1092毫米 1/32	
印 张	10.625	
字 数	200千字	
版 次	2023年5月第1版 2023年5月第1次印刷	
定 价	68.00元	

本书如有破损、缺页、装订错误，请与本社印制管理中心联系更换
版权所有 侵权必究